激しい痛みに腰が引けるが、施された口づけが恐怖を和らげた。
「ジナ……、ッ!」
キスの合間に呼ぶ声は、まるで愛を囁いているようだった。
それが嬉しくて、ジナは自分に重なる逞しい身体にぎゅっと縋り付く。

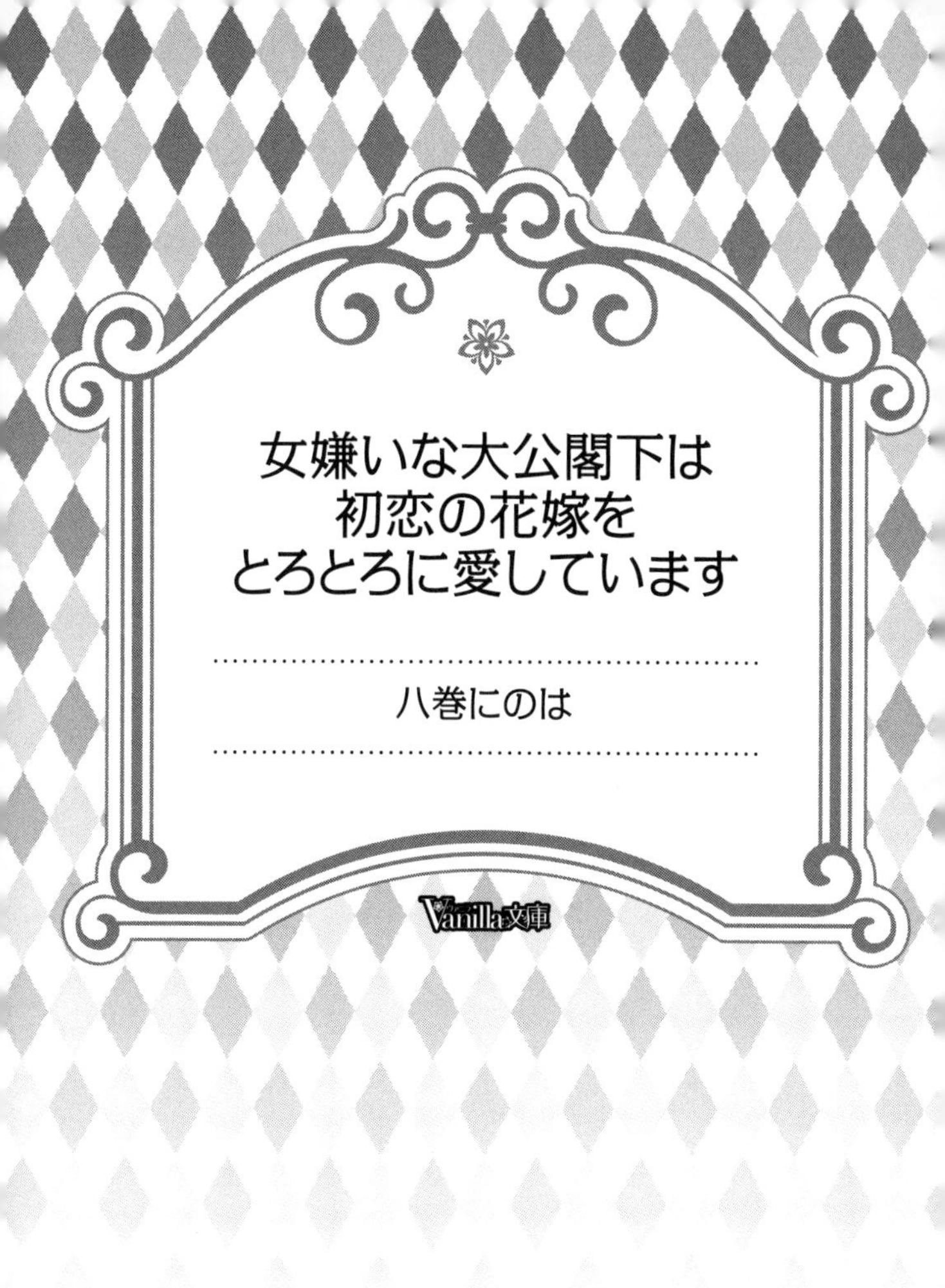

女嫌いな大公閣下は初恋の花嫁をとろとろに愛しています

八巻にのは

Vanilla文庫

目次

プロローグ……7
第一章……15
第二章……43
第三章……81
第四章……152
第五章……208
第六章……243
第七章……277
エピローグ……296
あとがき……302

イラスト／芦原モカ

プロローグ

「どうか、君の剣を我が王家のために」

後にジナが一生の主として仕える男――『ラウル＝ヴァン＝リオザ』に初めて会った時、彼はまだ駆け出しの騎士であったジナに深々と頭を垂れた。

短い黒髪をなでつけ、凜々しい面立ちをうつむかせているその男に、ジナは思わず見惚れ、惹きつけられていた。

そして同時に、そんな自分に驚いてもいた。なぜなら、ラウルのことを快く思っていなかったからである。

当時、彼はリオザ国の『厄介者』だと言われていた。

女王であった有能な姉の陰に隠れて表舞台に出てこず、更にその理由は極度の女嫌いにあったため、国民は彼を情けない男だと思っていたのだ。

後に女嫌いの原因が不幸な出来事のせいだとわかって国民の心証は変わったものの、当時は皆彼を『役立たず』や『能なし』と呼び、情けなくて愚かな男だと言っていた。

それを当人も否定しなかったせいで様々な噂や憶測が流れ、中には女王であった姉を妬んでいるという噂や、嫉妬から姉の子供たちを冷遇しているなどと言う者もいた。

しかし目の前で跪くラウルからは、そうした愚かさが欠片も感じられない。

一回り以上年下の騎士であるジナにさえ、誠実に向き合う礼儀正しさや聡明さが彼からは感じ取れたのだ。

そんなラウルを見た時、ジナは父から言われた言葉を思い出した。

ジナ同様騎士であった父親は、かつて娘にこう言った。

『我が家は代々騎士の家系だ。そして我が家紋を背負う騎士はみな、自分が仕える〝主〟がわかる瞬間があるのだ』

ジナにとっては、まさにその瞬間だった。

「本当に、私でよろしいのですか？」

震える声で尋ねると、ラウルがゆっくりと顔を上げる。

凛々しい眼差しと目が合うと、ジナの胸が大きくはねる。

先ほどの天啓とはまた別の、何か重大な啓示を受けたような気がしたが、その意味を当時の彼女は理解してはいなかった。

「必要なのは、他でもない君だ」

まるで彼の方が騎士のように、ジナの手を取る。そして彼は凛々しい相好を崩し、柔らかい笑みを浮かべた。

「護衛騎士として、私たち家族を守ってほしい」

穏やかな笑顔を見た瞬間、ジナはこの人に一生仕えたいと望んだのである。

とはいえジナの思いとは裏腹に、彼女が最初に守ることになった相手はラウル本人ではなかった。

そもそもジナを護衛にと望んだのはラウルの姪（めい）『ルドヴィカ』だったが、それを聞いてもがっかりはしなかった。

むしろ姪のためにとわざわざジナの元を訪れ、頭を垂れたその姿に感激した。

巷（ちまた）では姉の子供を妬んでいると言われていたラウルだったが、実際はその逆で誰よりも姪たちを愛していたのである。

それを知り、ジナは余計にラウルのために働きたいという気持ちが強くなった。そのためにもと剣の腕を磨き、誠心誠意ルドヴィカに仕えた。

そしてついにはラウルの護衛となることが決まり、ジナは彼のために剣と命を捧（ささ）げると決めたのだ。

――なのに、どうしてこうなったのかしら。

今また、ジナはラウルに跪かれている。

かつてより年齢と経験を重ねた彼は、三十五という年相応の色気と落ち着きを有している。

昔よりわずかにしわが増えたが、それさえも彼の魅力に拍車をかけ、ついぼんやりと彼の姿を見つめてしまうほどだ。

だがそこで、ジナははっと我に帰る。

「お、おやめくださいラウル様！　ひざまずく必要はありません」

「いや、あるだろう。私は君に求婚しているのだ」

そう言って、ラウルがまっすぐな視線をジナへと向けた。

彼の言葉にうっかり喜びかけるも、すぐさま手にした杖で自分のつま先を叩き、我に返る。

（求婚なんて、絶対にあり得ない）

なぜならジナはもう、ラウルには必要がない存在なのだ。

ジナはもう騎士ではなく、ラウルも愚か者と呼ばれていた男ではない。

彼は七年の間に国を救い、汚名を払拭した。

流行病によって女王を失い傾きかけた国を立て直し、当時まだ幼かった王を献身的に支え続けたのだ。

その功績から彼を次の王にという声さえ起きた中、無欲な彼は『自分はあくまでも代理だ。慣習に則り、国王は女王の息子がなるべきである』と主張した。

そして現在は大公伯として若い王の補佐を務め、国民の信頼も厚く、彼の相手になりたいと望む女性はたくさんいる。

相も変わらず女性は苦手のようだが、以前より苦手意識が薄れたことで紳士的な振る舞いもできるようになり、結果様々な国の王女が彼に見惚れ、妻の座を狙っているという噂である。

一方ジナは、剣以外の取り柄がないありふれた男爵家の令嬢である。

ラウルとは長い間主従の関係だっただけで、恋仲だったわけでもない。

なのにどうしてと戸惑っていると、ラウルの視線がジナの足下に注がれる。

「君は私のせいで癒えぬ傷を負い、職まで失った。その償いをさせてほしい」

彼の視線の先にあるのは、ジナが手にしている杖である。

一年ほど前、ジナは任務中に生死をさまようほどの怪我を負った。なんとか一命を取り留めたものの、ジナの脚と背中には今も酷い傷跡が残っている。

特に脚の傷はひどく、最近ようやく普通に歩けるようになったばかりだ。

しかし、たまに傷が痛むこともあり、全盛期のように動かすことはもはやできないため、こうして常に杖を手にしている。

そんな怪我の原因にラウルが関わっていることを思い出し、ジナは「償い」の意味にようやく気づく。

「この傷はあなたのせいではありません」

「だが、私を守るために負ったものだろう」

「それが私の仕事ですし後悔はありません。あなたが責任を感じる必要だって――」

「しかし君はずっと、騎士であることが自分の誇りだと、生きる意味だと話していただろう?」

だから……と、ラウルは立ち上がりジナの手をぎゅっと握りしめる。

「その恩を返し、君の怪我の責任を取らせてほしいのだ」

そんな必要はないと言いたかったのに、ジナを見つめるラウルの眼差しがあまりにまっすぐなためそれができない。

この男は昔から、こうと決めたらテコでも動かないのだ。

「で、でもラウル様は……女性が苦手だと前からおっしゃっていましたよね?」

「ああ、苦手だ」

「だから結婚もしないと、おっしゃっていましたよね?」

「でも、君とはできる」

言うなり、ラウルはわずかに身をかがめる。そしてジナの頬(ほお)にそっと唇を寄せ、ちゅっと音を立ててキスをした。

突然のことに唖然としたまま固まっていると、ラウルが甘い笑みを浮かべる。

「君のためなら私はよき夫となれる。だからジナ、どうか私と結婚してほしい」

再び跪いたラウルはあまりに凛々しく、直視することさえ難しい。もし足が悪くなければものすごい勢いでその場から走り去っていたところだろう。

（この人は私の主――お仕えすべき相手であって夫になる相手じゃなかったはずなのに！）

そしてほんの少し前までは、こんなに甘い顔をする人でもなかったのだ。

（何が彼を変えてしまったの？　責任感？　それとももしかして頭でも打った？？）

混乱が疑問に変わり、疑問はラウルへの心配へと至る。

この時点で、ジナは彼が自分を好いているという可能性には全く思い至らなかった。

ジナにとってラウルは特別な主で、正直に言えば恋心も抱いていた。

けれどそれが報われることなどないと、ずっと思い続けていたのである。

だからジナは真面目な顔になり、意を決して口を開く。

「ラウル様のお考えはわかりました」

「なら――」

「お断りします。どうぞお引き取り下さい」

そしてできることなら医者にかかることをおすすめしますと、ジナは本気でラウルを心配しながら言い放ったのだった。

第一章

（うん、やっぱり昨日のプロポーズは夢だったのね。やっぱり、私にはこれが現実だわ）

そんな気持ちで、ジナは目の前に座る老人――ネール男爵の自慢話に耳を傾けていた。

ネール男爵はジナの父親よりも年上だが、結婚を見据えた見合いの相手でもある。

「私も若い頃は、優秀な騎士だったんですよ。戦争にも参加したし、勲章も山ほど貰ったんです」

そう言って胸についた色あせた勲章を見せびらかしてくるネールに、ジナはぎこちない笑顔と「すごいですね」と覇気のない声を返す。

（でも、どうせならもう少し素敵な現実がよかったな……）

こっそりため息をこぼしながら、過去の武勲について話し続けるネールからそっと窓の方へと視線を向ける。

すると、窓に映る自分と目が合った。

凜々しい、美しいと褒められる顔だが、鏡に映るその姿はネールの古びた勲章よりくすんでいるように見える。

見合いのためにと親が買ってきたドレスはジナに似合っておらず、無駄にリボンがついたデザインのせいか無理矢理若作りしているように見える。

実際彼女は若くない。怪我がなければ結婚せずに騎士を続けるつもりだったので、適齢期を完璧に逃してしまったのだ。

故に今更相手を探していても、やってくるのはネールのような後妻目当ての老人ばかりだった。

仕事を辞めて家のために結婚すると決めたのは自分だけれど、いざこうして求婚相手から面白くもない話を聞かされていると、なんともいえず惨めな気持ちになってくる。

（この人より、私の方がもっといっぱい勲章を持っていたのに……）

そんなことさえ考えてしまう自分に嫌気が差すが、騎士の仕事を天職だと思っていたジナには、この現実もまた受け入れがたいものであった。

何せジナは、物心つく頃には既に自分は騎士になると決めていた。

ジナの実家であるラステーロ男爵家は騎士を輩出する家柄で、才能があれば性別に関係なく剣の道を志す。

この国は戦神と呼ばれた女神『フィリオーザ』を信仰している。故に騎士団にも女性が多く、ジナもその中の一人になると決めていたのだ。

当たり前のように士官学校に入り、その中でもジナは優秀だった。

王族の近衛にも抜擢(ばってき)され、ラウルの護衛騎士にと望まれたときは天にも昇る気持ちだった。

あのとき、ジナは一生騎士でありたいと強く思ったのだ。

(でも、この足じゃ無理よね……。むしろ引き際としては完璧だったと思わなきゃ)

上手(うま)くいかない見合いにはげんなりするが、騎士を辞めたことに関しての後悔はない。

ジナが騎士を辞めるほどの大けがを負ったのは、ラウルを守るためだった。

(だって私は、ラウル様を守れた……)

彼は尊敬できる主であり、彼を守ることができたのなら、騎士の仕事を失ったことさえ喜ばしい事だと言える。

ただ騎士を辞めたことは受け入れられても、その後に待っていたこの状況を受け入れられるかとなると話は別だ。

剣以外の取り柄もないため結婚すると決めたけれど、まさかこうした老人ばかりがやってくるとは思っていなかった。

「しかし、まさか私と会ってくれるとは思いませんでしたな。我々は相性ぴったりだと思いますが、噂ではとんでもないから方からプロポーズをされているのでしょう？」

ぼんやりしていたところに問いを投げかけられ、ジナははっとする。

「と、とんでもない方？　いえ、あの、大公様とは――」

「大公？　いやいや、たとえ元護衛だったとしても、あなたのような方を大公様が見初めるはずがないでしょう。ジェリーニ家の嫡男ですよ」

さりげなく失礼なことを言われ、ジナはざっくりと傷つく。さらにネールが口にしたのはジナが聞きたくもない男のもので、余計にうんざりする。

「ジェリーニ家のご子息との縁談は、断りましたので……」

「断った？　またとない縁談なのに？」

「私たちは元同僚で、昔からそりが合わなかったんです」

「しかし、あのジェリーニ家のご子息ですよ？　あなたにはもったいないくらいなのに」

自分が失礼なことを言っている自覚もないのか、ネールは「もったいない、もったいない」と繰り返す。

それに呆れつつも、ジェリーニ家の子息――ヤコフの肩書きや地位を考えればそう思われるのも仕方ないことだとジナも思う。

ジナに縁談を持ちかけてきたヤコフの実家は伯爵家で、騎士としても優秀だ。つい先日近衛騎士をとりまとめる立場となったばかりだし、最近では麻薬密売を行う犯罪組織をたった一人で壊滅させたという話もある。

彼を英雄のように言う者もいるが、ジナにとっては悩みの種であり最も苦手とする男だった。

　彼とは共に士官学校で腕を磨き、最初は良きライバルだと思っていたが、ヤコフはジナを何かと目のかたきにし、会う度にネチネチと嫌みを言ってくるのである。

　そのせいで、二人は顔を合わせるたびに喧嘩になる。周りは『喧嘩するほど仲が良い』とか『お似合いの二人だ』と笑っていたが、ジナはそれが苦痛で仕方がなかった。

　特にヤコフがジナよりも先に出世してからは嫌みの数も増え、働いていた時はなるべく彼に会わないようにと逃げ回っていたほどである。

　そんな男から突然見合いの話が来た時、ジナは嫌がらせだと思った。性格の悪い彼のことだから、からかい半分で声をかけたのだろう。

　だからジナはヤコフとの見合いを断り、こうして後妻目当ての老人と見合いをしているのだ。

　もちろんできたらもう少し若い相手が良いと思っているが、年齢と怪我のせいか、ヤコフ以外からは縁談の話がきていない。

　だから後妻としてでも娶ろうと思ってくれる人がいるだけましだ、と考えようとするが、ネールの世間話からは相も変わらずジナへの失礼な物言いが消えず、だんだんうんざりしてくる。

　そのまま愛想笑いをするのにも疲れはじめているとき、突然ジナの母が部屋へと入ってきた。

「ネール男爵、少し娘をお借りしてもよろしいでしょうか？　実は他にもお客様がいらっしゃって……」

「おや、まさかこの娘に他にも見合い候補がいたのですか？」

心底驚くその顔に、ジナはもちろんジナの母もわずかに顔をしかめる。

それに気づかず、ネールはどうせなら部屋に呼びなさいとまで言い出した。

「あらかた、ボイル子爵あたりでしょう。あいつも妻に逃げられて、後妻を探しているらしいですからな」

などと笑い出すネールに頭を痛めていると、控えめなノックの音が部屋の入り口から響く。

（いったい、今度はどんな失礼なご老人が来るのかしら……）

話題に上ったボイル子爵か、もしくはもっと高齢だったらどうしようと思って入り口を見たジナは、そこで思わず固まった。

なぜなら花を手に部屋に入ってきたのは、ラウルだったのである。

「昨日の今日ですまない。しかしどうしても諦めきれず、来てしまった」

そう言って花束を差し出してくるラウルに、ジナ以上に唖然としていたのはネールだった。

「大公閣下……本気ですか？」

「それは、どういう意味だ？」

ネールの言葉に、ラウルは明らかに気分を害したようだった。しかし失礼な老人は、そのことに全く気づいていないらしい。

「この子を本気で娶るおつもりなのかと……」

「今の発言は——いやそれ以前から、あなたの発言はジナに対して失礼すぎる」

どうやらネールの言葉は、ラウルにも聞こえていたらしい。

「彼女の魅力がわからないというなら、あなた好みの女性と見合いをすれば良い」

ラウルの声は穏やかだったが、そこからは怒りが感じられる。さすがのネールもそれを察したのか、そこで慌てて立ち上がる。

「た、大公閣下が相手では確かに勝ち目がなさそうですね」

ジナへの挨拶もなく、ネールは逃げるように部屋を出て行く。

最後まで失礼な老人には呆れるが、彼がいなくなったことにジナは少なからずほっとしていた。

それはジナの母も同じだったらしく、ネールが出て行くと「ごゆっくり」と笑顔できびすを返す。

そこでラウルと二人きりにされたことに気づくと、再び夢見心地になってしまい、ジナは大きく頭を振る。

「頭が痛いのか？」

「なんだか、夢でも見ているような気がしてきたので目を覚まそうかと」

「どういう意味だ、それは」

「だって、ラウル様がここにいるから……」

「昨日も来たが、もしやそちらも夢にされているのか？　夢だと思ってプロポーズを断ったのなら、まだ私に可能性はあるか？」

　真剣な顔で尋ねられ、ジナは言葉に詰まる。

「もう一度跪けば、君は今度こそうなずいてくれるか？」

「そ、それは……」

「少なくとも、先ほどの老人よりは君を尊重し、幸せにする自信があるが、それでもまだ足りないだろうか？」

　ぐっと詰め寄られ、ジナは思わず悲鳴を上げかける。

「むしろ私の方に足りないところがあるからお断りしたんです！　先ほど見たとおり、私は後妻目当ての老人にしか求婚されない女です」

「皆は見る目がないのだ」

「怪我のせいで身体も綺麗ではないし、あれ以来子をなす能力もないと噂する者もいるくらいですよ」

「あれは噂だろう。それにもしそうだとしても、私は一向に構わない」

そんなわけないと言いかけて、ジナはふと気づく。

「……むしろ、それが目当てですか？」

「目当てとは？」

「ラウル様はその、女性が苦手でしょう……？」

今は情熱的な表情で迫っているが、普段ラウルは女性にこうした態度をとらない。

昔より大分増しになったが、彼の女性嫌いは直っているわけではない。本当は触れるのも嫌で、側に近づくだけで呼吸を乱すのである。

その後訓練を重ねて短時間なら普通に接することができるようになったが、結婚など夢のまた夢だと本人はよく言っていた。

だからこそプロポーズされた事が信じられなかったが、逆にジナだったからこうして求婚しに来たのかもしれない。

「ラウル様にとって、私は『女』じゃない。だからここに来たのでは？」

「いや、ちゃんと女性だと思っている」

「でも出会ってから何年もの間、私のことを男だと思っていたじゃないですか」

ジナの言葉に、ラウルが気まずそうに視線を泳がせる。

その表情から、ジナは自分の考えは正しいと確信する。

「あらかた、ルドヴィカあたりから結婚をせっつかれているのでしょう?」

「そ、それは……」

「もしくは、どなたかに結婚を迫られているとか?　それで断る口実がほしくて私を使おうとしたとか?」

確か数日前、ラウルが隣国の姫君から言い寄られているという話を彼の姪であるルドヴィカから聞いていた。

ルドヴィカは王妹ながらジナと親しく、今も二人は友達だ。そのせいで怪我をして騎士をやめてからも、ラウルの事情を色々と聞かされていたのである。

(何でラウル様のことばかり教えてくるのか疑問だったけど、あれはラウル様が私を頼りにくるかもしれない……って前振りだったのかも)

だとしたらはっきり言ってくれた方がよかったのにと思っていると、ラウルが先ほどより強くジナの手をつかむ。

「……もし困っているなら、結婚してくれるのか?」

「いや、さすがにそんなことで結婚を決めるのはどうかと思いますが……」

「だがものすごく困っていると言ったら、してくれるか?」

言うなり眉尻を下げ、捨てられた犬のような顔をされる。

　ジナに頼み事をする時、ラウルはよくこの顔をする。凛々しい顔立ちが絶妙に情けなく歪むとなぜだか可愛く見えてしまい、ジナは頼み事を断れなくなるのが常だった。

「その顔はずるいです」

「本当に困っているんだ」

「ですが、結婚するふりとかならともかく、本当にするのは……」

「ふりではだめだ。実を言うと来ている縁談は一つではない、それをすべて断りたいのだ」

「でも私では釣り合いが……」

「誰がそんなものを気にする」

　そう言うと、ラウルはそこでわずかに胸を張る。

「私の女嫌いは周知されている。身内には結婚できないと思われているくらいだから、むしろ相手を決めただけで大喜びされるぞ」

　それに……と、そこでラウルが真剣な顔をする。

「昨日も言ったが、私は責任を取りたいのだ。国のために尽くしてくれた君が、後妻目当てのろくでなしと結婚するなんて我慢できない」

　そして再び跪き、ラウルは改めて希った。

「私を愛せとは言わない。保身のために君を利用する、ろくでなしとなじってくれてもいい。だからどうか、私の妻になってくれないか……？」

そこまでされて、ジナはラウルをはね除けることができなかった。

だってずっと、ジナはこの男に好意を寄せてきたのだ。

それに保身のためと言いつつ、ラウルはきっとジナのためにここに来てくれたに違いない。

（この人は、自分の利益を優先する人じゃない）

いつも誰かの事を思い、行動する男だった。

だからこそ側にいれば重荷になると考え、早々に騎士を辞したくらいだ。

しかし彼の責任感の強さは、ジナの想像以上だったようである。

「君が頷いてくれるまで、私は帰らない」

動く気がないラウルを見て、ジナは大きなため息をこぼす。

「私の方が仕える立場なのに、あなたは私に跪いてばかりいますね」

「そうする価値がある人だからな」

そう言って微笑む顔が出会いの瞬間と重なり、ジナは息を詰まらせる。

本当は断るべきだと思ったけれど、彼との時間がいくつも頭をよぎり、結局断りの言葉は出てこなかった。

「ということで、なんとか結婚を取り付けたぞ！」

喜びの報告をしたというのに、ラウルを見つめる年若い国王『フィビオ』とその妹ルドヴィカの眼差しは、びっくりするほど冷めていた。

二人はラウルの甥と姪に当たり、三人はとても仲が良い。若くして亡くなった女王の代わりに二人を育てたのはラウルで、フィビオたちは実の親のように思ってくれていて、普段はこんな顔をする二人ではなかった。

だが普段は笑顔を絶やさぬ二人の眼差しが、今日は冷え切っている。

「叔父上、明らかにジナに想(おも)いが伝わっていないことにお気づきですか？」

「そうよ！　ジナの愛を勝ち取ってこいって言ったのに、どう考えても同情からうなずいてくれただけじゃない！」

二人の指摘はもっともで、ラウルは思わずうめく。

「り、理解はしている。だがまっすぐに結婚したい、幸せにしたいと言っても聞いてもらえなかったのだ」

だからラウルは、情けないと思いつつジナの勘違いを利用することにしたのである。

「俺も卑怯(ひきょう)だとは思っている。だがジナがあんな男と結婚するのかと思ったら居ても立ってもいられなかった」

「ジナの見合い相手、そんなにひどいの？」

身を乗り出してくるルドヴィカにネール男爵のことを言えば、姪の顔が怒りで歪む。

「三回も奥さんに逃げられてるひとじゃない！　ジナったら、そんな相手しか来ないなら、なんで私に相談してくれないのよ！」

「そうやって怒るのが目に見えてるからじゃないの？」

ルドヴィカの言葉に、的確な返事をしたのはフィビオだった。

彼はすぐ感情的になる妹とは違い、いつも冷静だ。若くして国王となった重責からか、彼は年齢に見合わぬ落ち着きを有している。

「でも、相談してくれたら正面切って、『伯父様を相手にどうぞ』ってできたのに」

「そうされるのも薄々気づいていたから話さなかったんじゃないかな？　あの子は叔父上が怪我の責任を感じていたのを知ってるし、騎士の仕事を辞めたのだって、迷惑をかけたくなかったからだろうし」

フィビオの意見には、ラウルも同意するところだ。

（それにあの子は、昔からこれと決めたら絶対に曲げないからな……）

それは初めて会った時からそうだったと、ラウルは懐かしく思い出す。

ジナに会ったのは、リオザ国が深い悲しみの中にあった頃——、ラウルの姉であり、リオザ始まって以来の名君と言われていた女王が突然の病で亡くなった年である。

リオザ国では、王族は必要以上に政には干渉しない。王の手に国の決定権があるものの、腐敗した王によって政が混乱した時代を経たことで、政治は国民の選んだ議員の手によって行われている。

それでも時折欲を出す王もいる中、美しい女王は「自分は国の象徴であり国民を守り慈しむ立場に徹するべきだ」と考えていた。

必要以上の贅沢はせず、慈善活動や外交などにも積極的で、自分の立場と権威を正しく使って国民を支える、よき君主であったといえる。

そんな女王は隣国の王子と結婚し、二人の子供に恵まれた。

小さなルドヴィカとその兄フィビオ王子は女王に似て愛らしく、一家は国民から愛されていた。

けれどその女王夫妻が、突然の病に倒れた。彼女を襲った病は、リオザ国はもちろん多くの国で猛威を振るう恐ろしいものだった。

女王だけでなく議員たちも多く倒れ、政さえ立ちゆかなくなるという有様に、国民は怯えた。

そうした非常事態に強権を発動させる為の王政であったが、女王は亡くなり王子と姫は余りに幼い。

そんな二人に代わり、政務を執り行う事になったのがラウルだった。

表には出ていなかったものの、実を言えばラウルは姉の補佐役として彼女に尽くしてきた。いざという時のために王としての教育を受けていたし、議会や世の中の動向にも姉と共に目を通していたため、政務の代行に関しては問題なく行えたと自負している。

女王の命を奪った流行病は国を脅かすほど深刻なものだったが、ラウルは次々と策を打ち出し被害を最小限に食い止めてみせた。

彼は病の流行を止めるために病院や隔離施設を増やし、異国で開発されたという治療薬をいち早く取り寄せたのだ。

おかげで程なく彼の評判は上がり始めたが、ジナと出会った当時はまだまだラウルに対する不安の声は大きかった。

その声はもっともだと彼自身も思っていた。優しい姉の好意に甘え、彼はずっとその陰に隠れ続けていたのだ。

むしろ誰よりもラウル自身が、情けない自分に不安を覚えていたところもある。

しかし不安を表に出せば非難の声はより大きくなる。それにラウルには国以外にも、守らなければならないものがあった。

両親を失い、悲しみに暮れる甥と姪である。

本来ならば存命であったラウルの祖母が王太子たちの世話をするはずだったが、彼女もまた流行病にかかり伏せっていた。また彼女は国外にいたこともあり、ラウルが育てることになったのである。

世間の噂とは裏腹に甥と姪はラウルを慕ってくれていたが、母の死は二人にとって大きな悲しみで、慰めも上手くはいかなかった。

特に幼いルドヴィカは両親の死のショックが大きく、当時はかなり参っていた。

そんな彼女を元気づけようと、ラウルは不安を隠し親代わりとして精一杯彼女を愛そうと決めたのだ。

そして悲しむルドヴィカに『叶（かな）う限り、ルドヴィカの望みを叶えてあげよう』と告げたのである。

そんな時、彼女がぽつりとこぼしたのが「騎士様がほしい」という言葉だった。

話を聞けば、先日入ったばかりの見習い騎士がルドヴィカの大好きな小説に出てくる憧れの騎士にそっくりなのだという。

その騎士はラウルの剣の師匠である『ベルナルド』の愛弟子であったため、ラウルはすぐさま師に相談しにいった。

ベルナルドの評価は申し分なく、駆け出しとは思えぬほど優秀な騎士だという。

ルドヴィカの護衛を任せても大丈夫だとお墨付きももらったが、問題はそれを引き受けてくれるかどうかだった。

『あの子は、あなたのことをあまり評価していませんからね』とベルナルドには宣言され、頭を抱えたのは言うまでもない。

評価の低い自分がルドヴィカの護衛にと命じても、経験不足を理由に彼女は辞退するに違いなかった。

だからラウルは自らジナの元に向かい、目の前で頭を下げることにしたのだ。誠意を見せ、ルドヴィカのために希わなければ首を縦に振ってもらえないと思ったのである。

そうして頼み込んだ結果、無事にルドヴィカの護衛を引き受けてくれることになった。

それをラウルは心の底から喜んだし、母を亡くして以来ずっと塞ぎ込んでいたルドヴィカが、新しい護衛の姿を見て『騎士様だ！』とはしゃいでくる姿には目頭が熱くなった。

しかしこのとき、ラウルは大事なことをベルナルドから伝えられていなかった。

ルドヴィカの騎士様としてやってきた護衛——ジナの性別である。

そもそも物語に出てくる騎士様は男で、当時のジナは髪が短かったせいで少年のようだったため、ラウルは彼女が女だと気づかず『美しい少年だな』とこぼしてしまったのである。

そしてラウルが倒れることを危惧したベルナルドはとっさにジナの性別を伏せることにしたらしい。

当時のラウルは今よりも女性が苦手で、同じ空間にいるだけで呼吸が乱れ、卒倒する有様だったから、ある意味彼の判断は正しかったといえる。

思い込みのせいか、ジナを前にしてもラウルは気分を悪くすることがなかった。

更にジナはルドヴィカの夢を壊さぬよう、男らしさに磨きをかけていった。

ルドヴィカの騎士様は常に礼儀正しく、真っ直ぐで、女性には甘く優しい言葉を絶やさない男だった。甘い言葉はともかく、騎士として真っ直ぐでありたいと願っていたジナは、その男の振る舞いをまねるようになったのだ。

だから凜々しく振る舞うジナの姿をみて、ラウルは彼女の性別に全く気づかなかった。嫌悪感を覚えることもなく、むしろ好ましいとすら感じていた。

それはルドヴィカの兄であるフィビオも同じようで、彼は剣を教えてほしいと懐くようになり、時にはルドヴィカとジナを取り合う事もあった。

二人は寂しさからかジナから離れたがらず、彼女は護衛というよりはお世話係のような立場になっていた。

必然的にラウルと会うことも増え、同じ空間で過ごすようになったため、ジナは自分の性別を明かせないと考えていたようだ。

そうして、ラウルはジナを男と勘違いしたまま、長い時を過ごしてしまったのである。

（しかし今思うと、ジナには色々と迷惑をかけ続けていたな……）

懐かしい記憶に浸りながら、ラウルはしみじみとそう思う。

そんな叔父の腕を、どこか責めるようにルドヴィカが叩いた。

「そのにやけきった顔、ジナのことを考えていたでしょう」

「そ、それは……」

「こんなにわかりやすいのに、どうしてこの思いが届かないのかしら」

「そりゃあ叔父上が、ずっと男扱いしてきたせいでしょう」

フィビオの的確なツッコミに、ラウルはうっと言葉を詰まらせる。

「『お前は男の中の男だ』と、散々言っていたのを忘れました？」

「覚えているし反省はしている。俺は本当に失礼だった……」

「まあ正直、当時はジナもその発言を喜んでいましたけどね」

「ほ、本当か⁉」

「ジナは騎士らしいとか、男らしいとか、強いとかそういう言葉を喜んでいたので」

ただ……と、そこでフィビオの表情が陰る。

「女だとばれた時の叔父上の反応は、ショックだったみたいですよ」

甥の言葉に、ラウルは顔を青くする。

確かにあのときのことは、ラウルにとって一番の失敗だった。

国を立て直した功績からようやく国民に認められるようになった頃、ラウルの周りでは彼を国王にと望む声が日に日に大きくなっていた。

だがラウルはあくまでも『女王の息子であるフィビオこそが王である』とし、国政を行うのはフィビオが成人するまでだと宣言をした。

権力には興味がなかったし、何より女性が苦手な自分をずっと恥じていたからだ。

最低限の社交はできるものの、女性と相対した翌日は部屋から出る事もできず、唯一普通に話せるのはルドヴィカと、男だと勘違いしているジナだけで、フィビオにも『叔父上は女嫌いさえなければ完璧なのに』と哀れまれていた。

もちろんそのままではまずいと矯正を試みたが、結果ラウルの状態は悪化し、一時期は年老いた侍女にさえ悲鳴を上げていたこともある。

そんな自分を恥じているラウルを見かねたのか、彼に内緒で甥たちはある計画を立てた。

それはジナを使った『特訓』である。

甥たちは、ラウルと唯一普通に話せるジナに希望を見いだしていたのだ。

丁度ジナがルドヴィカの護衛となってから三年が経ち、ラウルとの信頼も生まれていた。

そのタイミングでジナをラウルの護衛に任命し、より距離を近づけようという算段だったようだ。

ジナが護衛になってから約半年、フィビオや家臣たちの画策により二人は執拗なほど二人きりにさせられた。

何かおかしいとラウルも思っていたが、二人にさせられる時はいつも甥たちが絡んでいたから、悪戯でも企んでいるのだろうと深く考えていなかった。

そしてある日、ルドヴィカによりジナの性別が突然開示されたのである。

それは、ルドヴィカのおままごとに参加させられ、二人で手を繋いでいたときのことであった。

あの瞬間の驚きは、今も忘れられない。

相手がジナだとわかっていたのに、女子だと知った途端ものすごい冷や汗を掻き、顔面を真っ青にしたラウルは思わず彼女の手を振り払い、部屋に引きこもったのだ。

あのときの自分の行動を思い返すたび、ラウルは苦い気持ちになる。

ラウルが手を振り払った時、ジナは明らかに傷ついた顔をしていた。

自分と家族に尽くしてくれた彼女に対して、ラウルがしたことはあまりにひどい。

とにかく謝らなければと必死になり、今思えばそれが女性嫌いを克服する第一歩だった。

普段なら、女性に触れたら三日は寝込むのに翌日には『謝罪がしたい』とラウルはジナに会いに行ったのだ。

『ずっと家族に尽くしてくれた君に、あんな態度を取るべきではなかった……』

未だ震えが収まらぬ身体で、初めて会ったときのように深々と頭を垂れた。

『そしてもし、私に愛想を尽かしていないならこれからも護衛でいてほしい』

ラウルの懇願にジナは驚いたようだが、すぐに彼女は笑顔で『気にしないでください』と言ってくれた。

そんなジナを見た時、ラウルは情けない自分を変えたいと今まで以上に強く思った。

――この子の側にいるためにも、女嫌いを克服しよう。

脳裏に浮かんだ覚悟は、今思えば恋の始まりだったのかもしれない。

だがそのときはまだ自分の感情に気づかず、とにかく苦手意識を克服したいとそればかりを考えていた。

『今度こそ、情けない自分を変えてみせる。だからどうか、君の力を貸してほしい』

ジナが相手なら、自分は変わっていける。そう思って頭を下げると、ジナはルドヴィカの護衛を引き受けたときのように頷いてくれた。

『自分でよければお役立てください』

優しい笑顔で言われ、ラウルの胸に喜びがあふれた。

すると身体の震えが収まり、気がつけばそっとジナの頬に触れていた。

今までふれあいはあったが、ラウルはそのとき初めてジナに触れたような気がした。

『君はこんなにも愛らしいのに、なぜ女性だと気づかなかったんだろうな』

こぼれた賛辞に、ジナの顔が真っ赤になる。

その顔があまりに可愛らしく、もっと見ていたいと願った。だが可愛いが故にラウルには刺激が強く、ラウルは息が詰まり、倒れてしまった。

失態を重ねたことを情けなく思いつつ、あの顔を何時間でも見られるようになりたいと願ったおかげか、その日以来、ラウルはジナを少しずつ受け入れられるようになった。

半年もすると以前のように接することが可能になり、普通に触れることさえできるようになると、子供たちや家臣たちは心の底から喜んだ。

ジナとのふれあいをきっかけに女嫌いも少しずつ改善し、女性たちに取り囲まれたりしない限りは、倒れたり震えたりすることもなくなった。

それに気をよくし、結婚相手をあてがおうとする者もいたが、やはり女性と会う時はそうとう無理をしているのか、ラウルは体調を崩すことも多い。ジナなら全く問題ないのだが、そのほかの女性相手だとどうしても苦手意識が芽生えてしまうのだ。

そんな叔父の姿を見て、『叔父上に無理をさせるのはやめましょう』と言い出したのはフィビオだった。

『叔父上がこれ以上苦しまなくていいように、僕が立派な国王になってみせます。外交も、

跡継ぎも頑張ります』

宣言した王子は、気がつけば立派な男の顔になっていた。

王の自覚を促したきっかけが自分の女嫌いであることにラウルは少々複雑だったが、それでも王子の成長は目を見張るものがあった。

ジナがラウルの護衛となってから約一年後、リオザ国の成人である十六になったと同時に彼は王に即位した。そして王となってから二年が経った現在では、若い賢王として国民に慕われている。

まだ結婚相手は決まっていないが、十四歳になった妹のルドヴィカ共々美しく成長した彼に想いを寄せる異性は絶えない。

ラウルもその成長を喜び、フィビオが王になってからは再び裏方に徹している。

また国民もラウルが表に出てこなくなったことに文句はなかった。

今までの働きに感謝しており、彼に結婚や世継ぎを作れと強いることもなかった。

そのことにほっとしつつも、ラウルはもし結婚することがあれば相手はジナが良いと思い続けていた。

ただ彼女が騎士として生きることを望み、結婚の意思がないと繰り返していたため言えずにいたが、もしも彼女が結婚を考えた時には自分が名乗り出ようと考えていたのである。

そしてその願いは、ようやく叶いかけている。

「今までたくさん傷つけてしまったぶん、ジナの事は大切にする」

ジナとの日々を思い出しながら覚悟を新たにしていると、ルドヴィカが不安そうな顔をする。

「でも大丈夫？　叔父様、女嫌いは大分克服できたけどジナの前だとまだまだ挙動不審になるじゃない」

「挙動不審は言い過ぎではないか？」

「でもほら、ジナの可愛さにすぐやられちゃうって言うか、前に一度ドレス姿を見た時、倒れたじゃない」

ルドヴィカの言葉にフィビオが吹き出す。

「あったあった！　あのせいで、ジナが叔父上の前でドレスを着なくなったんですよね」

過去の黒歴史を掘り返され、ラウルはうなだれる。

女嫌いはほぼ克服しつつあるが、長年女性と接点がなかったせいか、ラウルには『可愛い』に対する免疫がない。

そのためジナの可愛い振る舞いを見ると、時折過剰な反応をしてしまうことがあるのだ。

「大丈夫だ、もう昔の私ではない」

「ジナを甘く見すぎよ。普段は凜々しいけど、あの子の素はめちゃくちゃ可愛いし、叔父様には絶対刺激が強いと思う」

だから頑張ってと励まされ、ラウルは苦い気持ちでうなずく。

(さすがに私だって昔よりは成長した。さすがにもう、倒れたりはしない)

それが慢心であったことにラウルが気づくのは、程なくのことであった。

第二章

「やっぱり私、夢を見ているんじゃないのかしら……」

ラウルと結婚すると決めてからわずか十日後、ジナは鏡に映る自分の姿を唖然とした気持ちで眺めていた。

教会の一室に押し込められた彼女は今、美しくて豪華なウェディングドレスを纏（まと）っている。

ジナのためにとあつらえられたドレスを見たときは胸が高鳴ったが、いざ着てみると不安が募る。

（こんな姿を見せたら、ラウル様は卒倒してしまうのでは？）

何せジナは、彼の前ではずっと男の格好をしてきたし、そういう姿を期待して結婚してほしいと言われたはずなのだ。

なのに今、長い金髪は美しく結い上げられ、顔には化粧も施されている。

「ちょっと、花嫁がなんて顔をしているのよ！」

不安そうな自分と向き合っていると、突然愛らしい声に叱責される。

鏡越しに背後を窺えば、そこにいたのはルドヴィカだった。

普段のクセで跪こうとして蹈鞴を踏むと、彼女はクスクスと笑った。

「これからは家族になるんだから、かしこまらないで」

「ですが……」

「あなたと家族になるのは、私の夢だったのよ？　それに、こうしてぎゅっとしたかったし」

言うなり、ルドヴィカがジナに抱きついてくる。

「なんだったら、『お姉様』って呼んじゃおうかしら」

「正確には、姉ではないのですが」

「だってジナは私にとって、親友で姉みたいなものでしょう？」

「姉ではなく騎士様、だったのでは？」

「騎士様であり姉様なの。だから叔父様がようやく勇気を出してくれてほっとしたわ。あの人、肝心なところで臆病になるからそろそろ尻を蹴っ飛ばさなきゃって思っていたの」

「ルドヴィカ様、さすがにその言葉遣いは王女としてどうかと……」

小さな頃から古今東西の本を読みあさっていた影響か、この姫君は時々ものすごく口が悪くなる。

特に荒くれ者の海賊たちが出てくる小説がお気に入りで、粗野な物言いがすぐこぼれるのだ。それをたしなめるのはいつもジナの役目だが、ルドヴィカは「ごめんなさい」と言いつつあまり反省していない。

「それより、ジナの懸念は何？」

「懸念と言いますか、未だにこの状況についていけていなくて……」

何せラウルと結婚すると決めてから、まだ十日ほどしかたっていない。

身内で式を挙げるだけとはいえ、早くても婚約から一月は開けるのが普通だ。更に言えばラウルは王族、本来なら来賓なども呼ぶ盛大な式をすべきところである。

「ラウル様の体質を思えば少人数でやるのはわかりますが、それにしても早すぎると……」

「多分、ジナを他の人に取られないかと不安なのよ」

「むしろ自分は余りものですよ」

「叔父様だって余りものみたいなものよ。あの人の欠点をジナは誰よりも知っているでしょう？」

「でもそれも克服したも同然でしょう？　女性嫌いさえなければ、ラウル様は完璧な殿方ですから、私ではふさわしくないかと」

言葉を重ねていると、そこで不意にルドヴィカがにやりと笑う。

「ジナは、本当に叔父様が好きなのね」

「な、なぜそうなるのですか⁉」

「だってあの叔父様を『完璧』だなんて言うなんて、恋してなければ出てこない台詞だわ」

「べ、別に、好きとか……そういうわけでは……」

「それで隠してるつもりなの？」

言うなり、ルドヴィカはジナの真っ赤な頬をつついてくる。

「ジナの気持ちに気づいてないのは、叔父様くらいなものよ」

「でしたら、これからも気づかれたくないのでこのことは内密に」

「むしろ全身で愛を表現すれば良いのに」

「でも下手に好意をお伝えしたら、離縁するときに困るかなと」

「離縁って、あなたもう叔父様と別れるつもりなの⁉」

「元々、縁談よけの結婚ですし」

それに……と、ジナは鏡に映る自分の姿を見る。

「私のドレス姿を見て逃げ出したくなるかもしれませんし、運良く結婚式を乗り切れても共に暮らすうちに私が嫌になるかもしれないでしょう？」

「ジナだったら大丈夫よ」

「でも万が一と言うことはあります。そのとき私が好意をお伝えしていたら、ラウル様はお優しいから別れたいと言い出せないでしょうし」

前にドレス姿を見て倒れたラウルを思い出したジナは、あのときのような事になったらと思うと、なるべく彼が身を引きやすい状況にしておくべきだろうと考える。

「私は、あの方のご負担にはなりたくないんです」

「負担だなんてあり得ないわ。その姿だって、きっと見たら大喜びよ」

ルドヴィカの言葉に、ジナは少しだけほっとする。

だがその直後、背後で「ドタン！」と何かが倒れたような音がする。

驚いて振り返ったジナは、そこで息を呑む。

「ラ、ラウル様⁉」

振り返ると、部屋の入り口でのびているのはラウルである。

そしてそれを支えているのは、国王でもあるフィビオだ。

「兄上、叔父上はもしかして……」

「開いた扉から中を覗いた瞬間、突然膝から崩れ落ちた……」

頭は打ってないが、意識がもうろうとしているようだと言うフィビオ。

「……ドレス……うっ……しい……」

倒れたラウルに浮かんでいるのは、苦悶の表情だった。

（苦しいって聞こえた気がするけど、やっぱり私のせいよね……）

周りが大反対したとしても、やはり男装をするべきだったのだとジナはため息をつく。

（いえ、今からでも変えましょう。一応、男物の礼服も作ってあるし）

国の守護神である女神フィリオーザが男物の服を纏っていたという伝説から、女性が晴れの日に男装をするのはリオザ国ではよくある。

さすがに結婚式で男装する者は少ないが、ラウルが倒れたときのためにと男物の式用の服もあつらえて貰（もら）っていた。

「陛下、大変申し訳ございませんがラウル様を外へ。私は急いで着替えますので」

「わ、わかった。式の開始を少し遅らせるように、僕から伝えておこう」

「じゃあ私はジナの着替えを手伝うわ」

王族二人の手を煩わせることに心苦しさを感じつつも、式の時間が迫っているためここは甘えることにする。

（本当に、前途多難だわ……）

そっとため息をつきながら、ジナは美しく結い上げていた髪を解いた。

本音を言えば、彼女はドレスを着て式に出たかった。

常に男物の服を纏うジナだが、女性らしい服が嫌いなわけではない。むしろ彼女の内面は女性らしく、美しいものや愛らしいものが好きなのだ。

（でも、そんな私じゃきっとラウル様のお側にはいられない）

求められているのは男らしくて凛々しいジナだ。ならばそんな自分に徹しようと心に決め彼女は勢いよくドレスを脱ぎ捨てたのだった。

◇◇◇　　◇◇◇

「……すまない、本当に……すまない……」

ラウルがようやく自分を取り戻したのは、式を終えて城へと帰ってきた頃である。

彼はしょげきっていて、責めたり咎めたりする気にはならない。

「今日のことは気にしないでください。こうなることは、想定内ですから」

「い、言い訳にしか聞こえないと思うが、今日の気絶は良い気絶だ。決して、君の姿に嫌悪感を覚えたわけではない」

良い気絶とはいったいどういう気絶なのかと疑問を覚えるが、ジナはひとまず頷いておく。

「わかりましたから、今日は早めにお休みください」

「信じていないだろう」

「信じていてもいなくても倒れたのは事実。念のため、お体を休ませないと」

ラウルの部屋には侍女もいないので、ジナが彼をベッドに追い立てる。

護衛だった頃のクセでそのまま廊下に向かおうとすると、そこで突然ラウルに腕を摑まれた。

「そちらではない。君はもう、私の妻だろう」

「すみません、つい」

普通に部屋の前で夜を明かす気になっていた自分に苦笑すると、ラウルがふっと笑みをこぼす。

「今日からは、この部屋の中で朝を迎えてくれ」

「でも大丈夫ですか？　隣に寝室を用意していただきましたし、そちらで眠るのでも……」

「いや、夫婦は同じ寝室で眠るものだろう」

ラウルは力説するが、ジナには不安しかない。

(同じ部屋にいたら、ラウル様の気が休まらないのではないかしら)

ジナはもちろん周囲の人々も、二人で同じ寝室で寝ることを期待していない。

ラウルの女嫌いは大分改善したとはいえ、初夜は無理だろうと思われており、ジナの寝室も使えるようにしてもらっている。

「別々でも誰も気に留めませんし、今日はお一人でお休みになった方が……」

「いや、君と共に眠りたい」

いつになく強い主張に、ジナはドキッとする。

「ジナは、嫌か?」

さっきまではあんなにヘロヘロだったくせに、凛々しい顔で尋ねられながら頬を撫でられると、今更のように自分はラウルの妻になったのだということが意識された。

「い、嫌ではなくて……」

「ならばここで眠ろう」

「あっ、でも……寝間着が……」

今は男物の服を着ているが、寝るときにと用意されているのは女性ものの寝間着だった。

元々初夜は期待されていないので色気のあるものではなかったが、女らしい愛らしいデザインのものである。

「多分、ラウル様のお嫌いな寝間着なんです」

「嫌いなわけがないだろう、選んだのは私だ」

「えっ、あれを?」

「もちろんだ。君に似合うと思ったし、着てほしいと思ったから選んだものだぞ」

あれを選んだなんて正気かと疑っていると、考えが顔に出ていたのか、ラウルが苦笑を浮かべる。

「大丈夫だから、着てみてくれ」

「本当に、本当の本当に大丈夫ですか？」

「大丈夫だ。もう何度も、あの寝間着を着た君のことは想像している」

そのときは倒れなかったと強く言われ、ジナは渋々頷いた。

「で、では、準備をして参ります」

不安はあるが、ラウルがわざわざ選んでくれた服なら着たい気持ちもある。

だから覚悟を決めて、自分の寝室で手早く身支度をする。

まとめていた髪を解き、寝間着を纏った姿は、当たり前だが女性そのものだ。

さすがに寝間着だけでは不安だったのでガウンを纏ってラウルの元に戻ると、彼の目が見開かれる。

「ご、ご気分は？」

「悪いわけがない」

手招きされ、ジナはおずおずとソファに腰掛けていたラウルの横に座る。

「ガウンの下を見ても？」

「ほ、本当に大丈夫なんですね？」

「ああ、大丈夫だ」

だから見せてくれと囁く声は妙に甘くて、ジナはドキドキしながらガウンを脱ぐ。

途端にラウルは息を呑み、口元を手で覆った。

「や、やはりご気分が優れないのですね！　部屋にもどります……！」

「違う、そうではない！」

声と息は乱れていたが、ラウルは腰を浮かせたジナの腕を掴んだ。

逃がさないというようにぐっと腕を引かれ、体勢を崩したジナは夫の腕の中に倒れ込む。

「すまない、平気か？」

ジナを抱き留めたラウルの声は震えていた。

「ラウル様こそ、平気ですか？」

「平気……ではないかもしれないな」

言葉とは裏腹に、そこでぎゅっと強く抱きしめられる。

「想像よりずっと、君が可愛くて困っている」

「か……可愛い……？」

「その寝間着もよく似合っているし、君は髪を下ろすととても可愛いな」

言うなり、ラウルはジナの毛先をそっと持ち上げる。

赤くなった頬を見られたくなくてうつむいていると、ラウルの手が彼女の頭へと伸びた。

「本当はずっと、こうして触れたかった」

頭を優しく撫でる掌（てのひら）に、今度はジナの方が固まってしまう。

（ラウル様の手が、私を……）

彼は昔から、ルドヴィカやフィビオの頭を良く撫でていた。

男だと勘違いされていた頃は、時折ジナの頭にも手が置かれたが、女とばれて以来、そうしたふれ合いはなくなった。

もう二度と触れてはもらえないのだと寂しさを感じていたせいか、胸の内から喜びが溢れてくる。

「君の髪は、とても綺麗だ」

「でも、長い髪はお嫌いではないですか？」

「君の髪は好きだ」

髪のことだとわかっていても、「好き」という言葉に胸が甘く疼いてしまう。

鼓動が速くなり、慌てて胸を押さえるとラウルがそっと身をかがめる気配がした。直後、何か柔らかいものが頭部をそっと撫でる。

（い、今の……もしかして……）

ぱっと顔を上げると、驚いた顔のラウルと見つめ合う格好になる。

今のは、絶対に口づけだった。しかしそれを確かめようとした気持ちは、彼と目があった途端に霧散する。

深緑の瞳に視線が吸い込まれ、ジナは無意識に唇を引き結ぶ。

思えばこんなに近くで、ラウルの顔を見たのは初めてだった。

彼の目鼻立ちが整っていることには気づいていたけれど、近くで見ると男らしい相貌がより際立っている。

「ジナ」

そして彼は、声もとてもいい。低く優しい声に名を呼ばれると鼓動は更に増し、頬に熱と赤みが差した。

「……ああ、まずい」

途端にラウルは苦しげに息を吐く。

やはり自分は彼を不快にさせてしまったのだろうかと慌てるが、ジナを待っていたのは予想だにしない展開だった。

「嫌なら、押しのけてくれ」

次の瞬間、ラウルの顔がぐっと近づいてくる。思わず目を閉じると、ジナの唇に柔らかなぬくもりが重なった。

男性経験のない彼女でも、それが口づけであることくらいはわかる。

ラウルの口づけは、とてもつたなかった。受け止めるジナも、何もかもがぎこちない。

でも初めてのキスは、彼女にとっては素晴らしいものだった。それに不思議な甘さにも満ちていた。

「……キスというのは、とても難しいな」

　短い口づけが終わると、ラウルがそっと苦笑する。

　目を開けたジナはその顔に見とれながら、同意するように頷いた。

「難しい、です……」

「もしかして、ジナも初めてか？」

「ル、ルドヴィカ様とは何度か、幼い頃に……」

「それは妬ける(や)な」

　笑いながら、ラウルがそっとジナの唇を撫でる。

「それに、あの子の方が上手そうだ」

「い、いえ……！　今のキスはとても素敵でした！」

　声に力がこもってしまい、ジナは恥ずかしくなる。でもラウルは笑ったりせず、もう一度嬉(うれ)しそうに唇をなぞった。

「なら、もう一度してもかまわないか？」

「か、かまいませんが、ご気分は……」

「いつになくいい。だから色々試したい」

　顔を傾けながら、もう一度ラウルの顔が近づいてくる。

　緊張はまだあったけれど、ちゅっと優しく唇を啄(ついば)まれると少しずつ身体から力が抜け始

める。

「式ではしくじったが、叶うならこういうことをしても？」

「こういうこと……？」

「夫婦らしい事だ」

申し出に、ジナの胸が期待で弾む。

ラウルの女嫌いを知っていたから、ジナは多くを望むまいとしていた。

だがそれでも、共に暮らすうちにささやかなふれ合いくらいはできるかもしれないと期待せずにはいられなかった。

結婚式で倒れられた時、ドレスごとすべての期待を捨てようと思ったが、今の彼は怯えや恐れのない目で自分を見てくれている。

「そしてできるなら、恋人らしいことも」

「で、でもどうして……」

「君はずっと王家に尽くし、人生を捧げてくれた。自分の時間も持たず、恋人を作らなかったのはそのせいだろう？」

確かに、王族の近衛は勤務時間が他の騎士よりもずっと長い。交代できるようそれなりの人員はいるが、ルドヴィカやファビオにも慕われていたジナは彼らの話し相手や臨時の護衛を務めることも多かった。

もちろん仕事に支障がないよう休みは取っていたが、いつ何時呼び出しを受けてもいいように城に控え、自分のために時間を使うことは殆どなかった。

だから恋人が出来たことも一度もなかったけれど、それを苦と思ったことはない。そもそもジナはずっとラウルに想いを寄せていたし、別の誰かと恋をしたいと思ったことはなかったのだ。

「私にとっては仕事が恋人のようなものでした。ですから、これまでのことを後悔したことはありません」

「だが普通の人が得るべき喜びを、得られなかったのは事実だ」

「私には必要のないものでした」

「得てもいないのに、必要ないとなぜわかる？　価値あるものかどうか、知る機会さえ君にはなかったはずだ」

そしてそれをラウルも、ルドヴィカたちも悔いていると彼は告げた。

「特にルドヴィカには結婚にあたり強く言われたよ。ジナに多くの喜びを与えてくれと」

「ルドヴィカ様が？」

「今まで尽くしてくれた分、今度はジナに尽くせと。彼女の望みを叶え、夫としてはもちろん恋人のようにジナを大事にしろと言われた」

「でも恋人のようにだなんて、ラウル様には一番大変なことなのでは？」

「正直、私も恋人がいたことはないし、それらしい振る舞いができるかどうかはわからない。けれど君となら、恋人のようになってみたいという気持ちはあるんだ」

嘘ではないと、ラウルは言葉を重ねる。本気なのか、ジナを思って無理をしているのかを知りたくて、彼女は凛々しい顔を見つめる。

「けれど、普通の結婚がしたくないからラウル様は私を選んだのでしょう？　結婚は、見合いを断る理由ですよね？」

「だとしても、味気ない結婚生活を送るつもりはない。むしろ君となら人並みの夫婦生活を送れるかもしれないと、期待があったからこそジナを選んだのだ」

言葉を重ねるラウルの顔には、嘘はなさそうだった。

ジナのために無理をしているようにも、今のところは見えない。

「そして身代わりにしてしまったからこそ、大事にしたい。君に幸せをもたらす夫でありたいと心の底から願っている」

何度も恋をした優しい笑みを浮かべ、ラウルはジナを見つめた。

それは夢のようで、あまりに都合が良すぎて不安さえ覚える。

（でも、夫婦らしく過ごすのは普通のこと……よね？）

ただ、それができるのかという問題はあるが。

「申し出はとても嬉しいです。だけど、くれぐれも無理だけはなさらないで下さいね」

「大丈夫だ。……と言っても、結婚式で倒れた私の言葉では信用ならないか」

「気絶するくらいならまだいいですが、体調が悪くなるようなことがあったらちゃんと言って下さい」

「そこまでにはならないさ。すでにほら、キスをしてもなんともない」

「実は吐きそうだったりとか、ありません？」

「それどころか、もっとしたいと思うくらいだ」

柔らかな声が三度目の催促だと、ジナは気づく。こたえるのは恥ずかしいが、彼女もまた次のキスを望んでいた。

（もう一回だけじゃなくて、できるならもっと……）

ラウルにもっとキスをしたいという望みがわき上がり、ジナは戸惑う。

彼に恋をしながらも、口づけなんて望んだことはなかった。

護衛として側にいられるだけで満足だったし、多くを望まなかったのは結婚を決めたときも同じで、彼の元に戻れるだけで十分だと思っていたのだ。

むしろ妻というよりは護衛のように、付き添うことになるのだろうくらいに考えていた。

（キスって怖い……。たった一回しただけなのに、前よりずっと欲深くなってる……）

そして同じように、彼もまた自分を求めてくれたらと願わずにはいられなくなる。

「ジナ」

見つめ合っていると、ラウルがそっと名を呼んだ。

優しい彼の瞳が、いつもとは違う危うい光を帯びているように見えた。

見つめ合うと危険を知らせるように肌がぞくりと震えるが、逆に視線と心は引き寄せられていく。

そして小さく息を呑んだ直後、想像よりずっと激しいキスが降ってくる。

わずかに開いた隙間から舌を差し入れられ、呼吸さえも奪われる。

先ほどのつたなさが嘘のように、ラウルの舌がジナの舌を絡め取った。

「……あ、ぅむ、ン、あッ」

自分のものとは思えない甘い声がこぼれ、息苦しさから頭がぼんやりし始める。

慌てて鼻で呼吸をしてみるが、刻一刻と激しさを増していく口づけのせいで、蕩けてしまった思考はなかなか元には戻らない。

そして気がつけば、ジナもラウルの肩をぎゅっと摑み、キスをしやすいように僅かに背伸びをしていた。

唇の高さが合うとより深い場所まで彼の舌が入り込み、より激しく口腔を舐られる。

「ンッ、……ああ、……ッ」

特に上顎をなぞられるとゾクゾクとした快感がこみ上げてきて、ジナは喉を鳴らしながらぎゅっとラウルにしがみついた。

キスに夢中になっていると、ジナの身体が突然ふわりと浮き上がる。

抱き上げられたのだと気づいたが、なおも続くキスに翻弄されていた彼女はそのまま身を預ける事しかできない。

「あっ、そこ、は……ッ」

口づけは唇にとどまらず、抱き上げられたことで首筋を強く吸い上げられる。舌先でくすぐるように舐(ねぶ)られると身体がびくんと震え、恥ずかしさに唇を噛(か)んだ。

でもラウルはその反応に気をよくしたようで、執拗に首筋に唇を這(は)わせる。

執拗な甘い責め苦に身もだえているうちに、ジナはベッドの上に運ばれていた。

そしてガウンを脱ぎ捨て、上からのし掛かってきたラウルに再び唇を奪われると、腰の奥に不思議な痺(しび)れを感じる。

切ない痺れはジナの身体を震わせ、何かを求めるように腰が蠢(うごめ)いた。

勝手に動き出す身体に驚いて毛布をぎゅっと握りしめると、そこでようやく口づけがやんだ。

ジナもラウルも、長いキスのせいで僅かに息が上がっている。

そしてラウルの方は、額や首筋に汗が滲(にじ)んでいた。

嫌な予感がして改めて肌に触れてみると、彼の身体はかなり熱を持っている。

「無理はなさってはだめだと、言ったじゃないですか！」

慌ててラウルを押しのけ、自分の隣に彼を寝かせる。

「無理はしていない」

「でも熱が！」

女性と無理にふれ合い、ラウルが熱を出して倒れたことは前にもあった。

慌てて側を離れようとするが、そこで手首を強く摑まれる。

「これは、いつもとは違う……」

「違いません。こんな格好ですし、キスやふれ合いもしてしまったし……」

「本当に違うのだ……。むしろ、多分特別なことが起こっている」

そう言うと、ラウルが身体を起こす。

止めようとしたが彼はジルの制止を振り切り、ベッド脇のチェストを漁り始めた。

「身体がおかしいのは、たぶんこれのせいだ」

ラウルが引っ張り出してきたのは、小さな箱だった。

「この中身は？」

「……ルドヴィカからもらった、その……」

何やらもごもごと言いよどむラウル。返事は期待できないと察し、ジナは彼の手から箱を奪う。

素早く中を開けると、出てきたのはありふれたチョコレートである。

「チョコを食べて熱が出るとは思えませんが？」

「これは、出るものなんだ」

「つくなら、もう少しましな嘘をついて下さい」

「本当に特別なチョコなんだ。夫婦らしい初夜を過ごしたいなら、これを食べろとルドヴィカが……」

初夜という単語に、ジナが小さく息を呑む。

「でも、あの、キス以上のことはなさらないと……」

「しないとは言っていなかっただろう。今だってそのつもりでベッドに運んだ」

「でもラウル様にとってはご負担のはずです」

「女性嫌いはもう殆ど克服した。それにジナとならできると……したいと思っていた」

「なさりたかったのですか？」

「私は可能な限りジナと夫婦らしいことがしたかった」

そしてそれを、ルドヴィカに相談したらこれを渡されたのだとラウルは呻く。

「しかし、これは少々……効き過ぎたな……」

苦しそうに身じろぐラウルの身体に目をやり、そしてジナは息を呑む。

（う、うそ……）

ズボンの上からでもわかるほど、彼の下腹部が硬く膨らんでいることに気がついたのだ。

恥じらいさえ忘れて凝視してしまったのは、彼のそこが反応することなどあり得ないことだったからである。

以前、ラウルは女性との行為に嫌悪感があると話していた。まだジナを男だと思っていたころ、そうした反応もしないのだと、こっそり打ち明けられた事もある。

「と、とんでもないチョコレートですね」

「たぶん、チョコレートだけのせいではない。同様のものを前にも食べさせられたことはあるからな」

いいながら、そこでラウルが熱で潤んだ目をジナに向ける。

「前に食べたときは全く反応しなかったが、やはり君が相手だと別らしい」

「わ、私……？」

「この熱は、君のせいだ」

顔から手を退け、ラウルがジナの腕を摑んだ。

強く引き寄せられ、彼女は彼の上に倒れ込む。咄嗟に手をついたが、目の前にはラウルの顔がある。

瞳は情欲に濡れ、恐ろしいほどの色香が彼からは漂っていた。

「君に触れたくて、どうにかなりそうだ」

苦しげな息と共に、ラウルがジナの耳元に唇を寄せる。

耳をくすぐる吐息は熱く、ジナもまた彼に触れたいと強く願ってしまった。

（でも、良いのかしら……。触れることで余計に具合が悪くなったら……）

不安がよぎるが、ちらりと窺い見た彼のものが治まる気配はなさそうだった。

むしろ無理に押さえつけられて痛むのか、ラウルが苦しそうに身をよじる。

その状態は時に激しい痛みさえ伴うと、ジナは下世話な同僚から聞かされたことがあった。

ラウルの護衛はジナを除けば皆男で、彼女自身も男らしく振る舞っていたため、経験はないのに、男性器や性行為についての知識だけは無駄についてしまったジナである。

「……ひとまず、一度楽にした方が良いですね」

さすがにきつそうだと思ったが、そこでラウルが小さくかぶりを振る。

「いや……せっかくの好機を……逃したくない……」

そしてラウルは、ジナをぎゅっと抱きしめる。

「もし君が嫌でないのなら、私は君と……」

言葉の続きは苦しそうな吐息で聞こえなかったが、彼が何を求めているかわからないジナではない。

「い、嫌ではありません……でも……」

「なら試したい。少しでも、君と夫婦らしいことをしたい……」

頼むと告げる声は切実で、ジナは断ることができない。

それに彼女もまた、望みは同じだ。

ラウルほどではないが、先ほどのキスによって快楽の火種が身体の奥でくすぶっている。

「わかりました。なら、試してみましょう」

ジナの言葉に、ラウルが微笑む。その笑みにはぞくりとするほどの色香が漂い、触れられたわけでもないのにジナの身体が熱を持つ。

同時に下腹部のあたりが疼き、じわりと何かが滲むような感覚を覚える。

それが何か、ジナは知っていた。けれど今の状態では、まだまだラウルを受け入れるのにはきっと足りないだろう。

「と、とりあえず……準備をしますね」

彼に負担をかけないよう、身体を繋げやすい状況を作らねばとジナは考える。

本来なら男性がすることだが、ラウルは女性の肌に触れるのが特に苦手だ。

ならば自分でどうにかせねばと考え、ジナはそっと身を引く。

「どこへいく?」

「だ、だから準備です」

「ここではできない事なのか?」

「み、見られるのは恥ずかしいことなので……」

ジナだって初めてのことだし、見られていたら絶対にできない。

そう思って一度浴室に行かせてほしいといったが、ラウルの手は離れない。

「あ、あの、ラウル様?」

「そもそも、その準備は私がすべき事だろう?」

「せ、性交渉について、ご存じなのですか?」

「最低限の知識ぐらいある」

いうなり、ラウルの手がジナの下腹部をなぞった。

「……っひ、ン!」

こぼれた声はあまりに情けなくて、ジナは慌てて口を手で覆う。

「ここをほぐすのだろう?」

「そ、う……です、けど……ッ」

「それくらい私でもできる」

「で、でも……ッ、ンッ、なか……を……ほぐさないと……」

寝間着と下着の上からなぞるだけではきっと挿入は難しい。

「もしもの時のために、ほぐすオイルもルドヴィカが置いていったぞ」

「なら、貸してくだされば……」

「私がやりたい」

断固とした声で、ラウルが言う。

「でも、触れるのですよ？」

「君なら平気だ」

むしろ触れたいというように、ラウルが寝間着の裾をめくり上げる。

露わになった下着に指をかけ、脱がそうとする手つきにジナは息を呑む。

彼の手つきには躊躇いがない。熱のせいで理性が失われているのか、もしくは初めてだからこそ躊躇いがないのか。

不安はあるが、ジナだって自分で触れるよりは触れてほしい。

恥じらいを感じつつも、ラウルが下着を脱がせやすいように、ジナは腰を持ち上げる。

「いつも思っていたが、君の脚は綺麗だな」

下着を引き抜きながら、ラウルがジナの右足をそっと持ち上げる。

「全然綺麗じゃ……」

むしろ右足には大きな傷が残っており、思わず目を背けたくなる。

しかしラウルは穏やかな相貌を崩さない。それどころか愛おしそうに傷に唇を寄せた。

「んっ……」

そのままちゅっとふくらはぎに口づけをされると、思わず喉が鳴った。

女の身体は口づけやふれ合いによって快楽を覚える、という知識はあったものの、まさ

か脚にまでそうした箇所があるとは思わず、ジナは戸惑う。

「綺麗だよ。こんなに綺麗な脚は、この世のどこにもない」

「ッ、そこ、キス……される、と……ッ」

「ここにキスされるのが、好きなんだな」

「好き……というか、あっ……んン、ッ」

ふくらはぎだけでは飽き足らず、ラウルはジナの足の指先を口に含む。

そのまま優しく食まれると、自然と腰が跳ねた。それに気をよくしたのか、ラウルはつま先から太ももへ唇を這わせ、甘いキスを何度もみまう。

特に太ももへのキスは刺激的で、ジナの足がピンと張り詰め、ラウルを蹴り飛ばしてしまいそうなる。

「ご、ごめんなさい……」

「構わない。むしろもっと、感じているところが見たい」

「で、でもっ、変な、声が……」

「可愛い声だ」

「けど、女……ッ、ぽい声、に……なっちゃう……」

ジナの声はあまり高くはない。なのに快楽を与えられるとこぼれる声は艶を帯び、いつもより甲高く聞こえる。

「問題ない。むしろその声も好きだ」

そういうと、ラウルがジナの膝を立てる。

「これからここをほぐすが、声を出したくなったら遠慮はするな」

相変わらず彼の声は熱っぽいが、かつて倒れたときと違って意識ははっきりしているようだ。

それにほっとしながら、ジナは彼に身を任せようと決める。

実際、彼女もまたこうしたことは初めてで、どう振る舞うのが正解なのかはわからない。

それに性行為の時は、男に身を任せるものだと母から教えられていた。

『まあ、あなたには必要ない知識かもしれないけれど』という母に苦笑を返したときは、まさか早速その知識が役立つとは思っていなかった。

「ゆっくり触れるが、痛かったら言ってくれ」

ラウルの手によって腰を浮かされ、ジナは秘部を彼の前に晒す。

脚を広げたままの格好はなんとも恥ずかしいが、触れてもらうためには仕方がない。

「……ん、んッ、……ッ」

既にこぼれていた蜜をかき回すように、ラウルの指がジナの入り口をなぞる。

そうされると腰がゆれ、ピンと張ったつま先が扇情的に揺れた。

「すごく濡れているな」

「気持ち、悪くない……ですか?」

「まさか」

嬉しそうに微笑み、ラウルがゆっくりと指先でジナの入り口を広げる。

何も受け入れたことのないそこは、固く閉じている。

ラウルの指は太く、指先でさえ呑み込むのは大変だった。

「……う、く……ッ、ッ……」

身体の中をなぞられる感覚は、決して心地よくはない。

最初はただただ違和感が強く、この先に悦びがあるなんて思えなかった。

「ああ、少しずつ……私の指を呑み込んでくれている」

しかしラウルのそんな声を聞くと、胸の奥がキュンと甘く疼く。

疼きは胸から腰へと移り、違和感とは別の感覚をジナにもたらす。

同時に彼女の内側が、ラウルの指をきゅっと優しく締め付けた。

「あっ、……ッ!」

彼の指をより鮮明に感じた瞬間、ジナの内側に小さな火花が散る。

「君の中が、吸い付いてくる」

ラウルが感嘆の声をこぼし、より深く指を差し入れる。

違和感が増したが、ジナの内側では愉悦がすでに芽吹き始めていた。

ゆっくりとだが中がほぐれ、ラウルの指の形に押し広げられていく。

「あ、やぁ……、ン、ん……ッ、あンッ」

こぼれる声も艶を増し、ジナの身体の震えが次第に大きくなる。

腰の奥がヒクつき、全身に汗が滲む。触れられていない場所まで熱をもち、吐き出す息もとても熱い。

(でも、気持ち、いい……。さっきまで……あんなに変な感じだったのに……)

熱と共に、身体の奥から滲み出すのは感じたことのない心地よさだった。

でも心地よさが増せば増すだけ、切なさと物足りなさが増していく。

中をほぐす指は増え、隘路を抉る指付きもどんどん激しくなるが、それでもまだ足りないと思ってしまう。

「ラウル、様……、もう……」

「待て、さすがにいきなり受け入れるのはつらいはずだ」

「でも、欲しい……」

彼が欲しい。彼と繋がりたい。

気がつけばそんな気持ちに支配され、毛布を握りしめていた手をラウルへと伸ばす。

蕩けきった眼差しに欲望を乗せると、彼が小さく息を呑む。

「そんな顔をされたら、私も我慢できない」

ラウルがぐっと歯を食いしばり、ジナの中から勢いよく指を引き抜く。

「……ああッ、ッ！」

あまりの勢いに腰が跳ね、ジナの中に激しい愉悦の兆しが生まれる。

彼女の相貌がより蕩けたのを見て、ラウルがそこでもう一度濡れた花襞に指を寄せた。

「指じゃ……なく、て……」

「だが、繋がる前に一度楽になった方が良い」

言うなり、ライルの指がぐぷっと勢いよく中を抉った。

僅かに指を曲げ、中を擦りあげる動きにジナは身体を大きく震わせる。

更に彼は、親指で花襞をかき分け隠された芽を探し当てた。

露わになった花芽は蜜に濡れて妖しく光り、愉悦によってヒクヒクと震えている。

「私に反応していると思うと、たまらないな」

「あっ、そこ……、すごい……」

「心地良いのか？」

「よす、ぎて……ああッ、私……私……」

腰をガクガクと震わせ、ジナはきゅっとラウルの指を締め上げる。

それを満足そうに見つめながら、彼はより激しく花芽を舐った。

次の瞬間、ジナの内側から激しい愉悦があふれ出す。

それは全身を駆け抜け、瞬く間に理性を焼き尽くした。

声にならない悲鳴を上げ、小刻みに震えながら、ジナは初めての絶頂に翻弄される。

「ああ、やはり……君なら……」

蕩けきった顔で息を乱していると、耳元でラウルの声がする。

視線を感じるが、彼の表情も声も今は上手く捕らえることができない。

そうしていると、とても熱い何かがヒクつく下腹部をこすりあげた。

ジナからこぼれる蜜を拭い取るように、逞しいものがゆっくりと入り口を擦る。

その先端が熟れきった花芽をこすると、再び快楽がにじみ始め、ジナは大きく身もだえた。

「入れるぞ、ジナ」

ようやく捕らえられた言葉は、激しい行為の始まりだった。

指よりももっと大きなものが入り口を割り入り、ジナの中を引き裂く。

激しい痛みに腰が引けるが、施された口づけが恐怖を和らげた。

「ジナ……、ッ！」

キスの合間に呼ぶ声は、まるで愛を囁いているようだった。

それが嬉しくて、ジナは自分に重なる逞しい身体にぎゅっと縋り付く。

痛みはなおも続いたが、隘路を抉るのがラウルのものだと思うと、喜びもまた溢れる。

(夢……みたい……)

絶対に無理だと思っていたことが、自分の身に起きている。

彼が自分を求め、反応し、中で男らしさを取り戻している。

「ラウル、さま……ッ、あ、もっと……おくに……」

彼のものを全て受け入れたいと願い、できるだけ体から力を抜く。

隘路が緩まった瞬間、ラウルのものが子宮の入り口を激しく抉った。

「……ッ、ン！」

愉悦は消え、痛みだけが全身を支配する。

彼のものはかなり逞しいのだろう。

丹念に指でほぐされてもなお、全てを受け入れるには準備が足りなかったようだ。

だが痛みはあっても、ジナの心は満たされていた。むしろこの痛みさえも、愛おしいと彼女は思う。

「あぁ、まずい……」

そのとき、ラウルが苦しげに息を吐く。

やはり無理をしすぎたのかと思った直後、激しい熱がジナの奥に注がれる。

「……す、すまない。……まさか、こんな……」

荒く息を吐きながら、ラウルが項垂れる。

男性は達するまでに時間がかかると聞いたが、どうやら彼はそうではなかったらしい。

あまりの速さにラウルは屈辱さえ感じているようだ。

でもジナは、むしろ彼が自分の中で果ててくれたことが嬉しかった。

「とても温かくて、気持ちいいです……」

「しかし、こんな……」

「……私は、嬉しいです」

そう言って、ジナは項垂れるラウルの頭を撫でる。

「本当に……夫婦みたい……」

そう言って微笑むと、そこでラウルのものがぐっと逞しさを増したような気がした。

「あ、あまり可愛いことを言うな」

「ッ、んっ、あッ、ラウル……様……？」

もうこれ以上ないほど広がっていた中を、ラウルのものが更にぐっと押し広げていく。

「……だめだ、まだ……終われそうもない」

彼の声にはさらなる熱がこもり、ぐっと持ち上がった顔には激しい情欲が滲んでいた。

「それに……ああ、くそ、身体が煮えるようだ……」

彼の目は据わり、どこか虚ろだった。

だがその奥には、得体の知れない妖しい光が灯っている。

「ジナ、もっと……もっと君が欲しい……」

早く達していたことを嘆いていた、情けない男は既に消えていた。

ラウルは獣のように歯をむき出しジナの腰を摑む。熱のせいか、あのチョコのせいか、彼は完全に理性を失っている。

まずいと思ったが、次の瞬間見舞われたキスによってジナの理性も溶かされていく。

気がつけば貪り合うようなキスが始まり、二人はお互いを強く抱きしめ合う。

特にラウルはたがが外れたように、キスの合間にジナの名を呼び彼女を求めた。

あまりに激しさにジナの身体に再び痛みが戻ったが、それも少しの間だけだ。

気がつけば我を忘れ、彼女もまた夫を求め乱れていた。

初夜などできるはずがないと思っていたことや結婚への不安を忘れるほど、二人は激しく抱き合い乱れる。

そしてそれは朝まで続き、日が昇ると同時にラウルとジナはがっくりと気を失ったのだった。

第三章

リオザ国の朝は酷く冷え込む。

特に秋の差し迫る今の時期は、昼間の温かさが嘘のように空気が冷えきっているのが普通だった。

にもかかわらず、今日はなんだかとても暖かい。

その理由を探ろうと目を開けたラウルは、小さく息を呑んだ。

見れば、側ではジナが目を閉じたまま愛らしい寝息を立てている。

(ジナの寝顔は、こんなにも可愛いのか)

こぼれかけたのは、叫びたくなるような感情である。

ジナはどちらかと言えば凛々しい顔立ちだ。女らしさを見せないようにと普段はよりキリッとしているので、こうして隙のある顔が見られるのは珍しい。

女らしさを隠すのは自分のためだとわかっていたが、ラウルはずっと彼女の素を見たいと願っていた。

(想像以上に可愛い……。そして、やはりジナだと不快な気持ちにはならないな)

それにほっとしつつ、ラウルはジナの寝顔を眺め続ける。

いくら見ても飽きないことに、なんだか不思議な気持ちになる。

本来、彼は女性がとても苦手だ。女性への苦手意識は彼にとって根深いものである。

今もいえぬ心の傷を負ったのは、十才の頃――。彼は、自分の母親よりも年上の女性に襲われかけたのだ。

相手は異国の王族で、招かれた舞踏会の席で彼は暗がりに連れ込まれた。

幼い頃のラウルは女の子のように愛らしく、妖精のようだとさえ言われていた。そんな彼に目をつけ、卑しい行為をしようと女は近づいてきたのである。

「お菓子がある」というありきたりな誘い文句に嘘が隠れているとは思わず、相手が王族だったこともあり、ラウルも護衛もさほど警戒をしていなかった。

そのあとの記憶はあまりないが、女の妖艶な顔と肌をまさぐる手つきだけは今も覚えている。

運良くすぐに助け出され、女も捕らえられたものの、あのとき植え付けられた嫌悪感と恐怖は消えることはなかった。

以来、女性を見るたびラウルはあのときの恐怖を思い出してしまう。

家族なら問題ないが、使用人さえも彼にとっては恐怖の対象だった。

それでも王族としての義務を果たすために恐怖を克服しようと努力はしてきた。

情けない自分を変えたくて、身体と心を鍛えようと努力をしたこともある。特に身体はかなり逞しくなり、女の子のようだと言われていた頃の面影はどこにもない。

(でも結局それだけではだめだった。私を変えたのは、やはりこの子だ)

ジナの側にいたい、彼女に触れたいと思う気持ちがあったからこそ、あの悪夢をラウルは克服できたのだ。

そしてその恩を、ラウルはまだ返せていない。

(それどころか私は、ずっと彼女に迷惑をかけ続けている……)

そこで脳裏をよぎったのは、ジナが自分をかばって怪我をした時のことだ。

当時の記憶が蘇り、ラウルは思わず彼女を抱き寄せた。

その途端、ジナの瞳がパチリと開く。

起こしてしまったことを詫びようと思ったが、どうにも言葉が出てこない。

今更のように裸で抱き合っていることが意識され、妙に緊張してしまったのだ。

それはジナも同じようだったが、硬直するラウルの頬を彼女はそっと撫でる。

「顔色が悪いですが、大丈夫ですか？」

尋ねながら、ジナは離れるべきかと迷うように、身体を引いた。

(だめだ、今は側にいてほしい)

　このぬくもりを手放したくないと思い、ラウルはジナを抱きしめていた腕にそっと力を込めた。

「君が怪我を負った時のことを思い出して、苦い気持ちになっていただけだ」

　考えていたことを素直に打ち明けると、ジナはラウルの腕にそっと身を寄せてくる。

「あのときは、ご迷惑をおかけしました」

「迷惑をかけたのは私の方だろう」

　今も残るジナの怪我は、全てラウルをかばったせいだ。

　そのときのことをより鮮明に思い出し、彼はぐっと歯を食いしばる。

　ジナが怪我を負ったのは今から約一年前のこと。

　ラウルは知人の結婚式に出るために隣国へと向かっていた矢先にテロに巻き込まれたのだ。

　狙われたのはラウルではなく、彼と同じく結婚式に招かれた客の一人だった。

　客は内乱が絶えぬ砂漠の国の王子で、ラウルはたまたま彼と同じ船に乗り合わせていた。

　その船は、結婚式に参加する要人用に貸し切られたものだった。

　リオザ国があるこの大陸にはハイルと呼ばれる雄大な川が流れている。枝分かれする川によって国々は隔てられており、それぞれの王都の行き来にはもっぱら船が用いられていた。

その中でも一番豪華だとされる蒸気機関の客船を貸し切り、船上では賑やかな宴が繰り広げられていた。

警備は厳重なはずだったが、今思えば隙も多かった。大陸では長いこと戦争やテロなどもなく、特に船を手配した隣国は危機感が足りていなかったのだろう。

テロリストは給仕に化けて船に乗り込み、宴の最中に奇襲をかけたのだ。

奇襲に、いち早く気づいたのはジナとラウルだった。

警備兵が後れを取る中、二人は誰よりも早く駆け出していた。

ラウルが剣を抜いたことにジナには顔をしかめたが、止めなかったのは一人ではテロリストを制圧できないと気づいていたからだろう。

それにラウルは、こう見えて剣の扱いが上手い。さらに幸運なことに、敵の武器はこっそり持ち込んだ短刀が殆どで、それを扱う者たちも手練れとは言い難かったのだ。

だが勝てると思ったとき、突然ラウルはジナの手で引き倒された。

そのまま彼女が覆い被さってきた次の瞬間、鼓膜が破れるほどの爆音と共に世界は黒煙に包まれた。

何かしらの爆発が起きたのだと気づいた時、ラウルの手は血に濡れていた。

それが自分のものだったらどんなによかったかと、ラウルは今も思う。

でもそれは覆い被さったジナのもので、彼女の背中は焼けただれ、脚には吹き飛んできた破片がいくつも刺さっていた。

彼女は身を挺して、ラウルをかばったのだ。

『……ご無事、ですか……』

耳はもう殆ど聞こえなかったけれど、微かにジナの声がした。

無事だと頷いた瞬間、死にかけているにもかかわらず彼女は柔らかく微笑んだ。

よかったと笑いながら、ジナはそのまま意識を失った。

腕の中でみるみる血の気を失っていくジナの顔が、ラウルは今も忘れられない。

彼女の行いは護衛として当然だったとしても、傷つくのは自分でありたかったと思わずにはいられなかった。

「ジナ、私はもうあんな目に遭うのはごめんだ。今後は私が君を不幸から守りたい」

胸に秘めていた決意がこぼれると、ジナが小さく息を呑む。

「それは、やはり私の怪我に責任を感じているからですか……？」

「もちろんそれはある。私は君の未来を奪ってしまったからな」

「奪われたなんて、思っていません」

「だが事実、奪っただろう。あの怪我のせいで君は騎士を辞め、理想の結婚もできなくなった」

あのときの後悔は今もラウルの胸の中に根深く残っている。

一度は去って行くジナを見送ったのも、ラウルは彼女の人生を滅茶苦茶にしてしまった自分が、側にいる資格はないと考えていたからだ。

しかし、それは大きな間違いだった。

そもそも彼女は結婚適齢期を過ぎていて、さらに怪我のせいで子供を作れなくなったという根も葉もない噂を流されていたのだ。

その結果、後妻目当ての老人からしか声がかからなかったと知り、ラウルはようやく自分の気持ちと向き合った。

ラウルは、ジナを誰よりも愛している。ならば自分の手で彼女を幸せにしようと決めた。

とはいえ彼女が、自分のような情けない男を選んでくれる自信はない。だからジナの一番の友であるルドヴィカと相談し、「知らない姫と結婚させられそうだ」という嘘まででっち上げて彼女の元に出向いたのである。

プロポーズも、その後の結婚式でも醜態をさらしたが、彼女を幸せにしたいと願う気持ちは今も変わっていない。

二度と彼女を不幸にしない。何かあれば今度は自分の手で守ってみせるという思いは、むしろ強くなっている。

「私は償いたい。そして君が失った幸せを、取り戻す手伝いがしたい。人としての幸せも、女性としての幸せもな」

ラウルの言葉に、ジナの頬が赤く染まる。

それが愛おしくて、彼はそっと妻の唇を奪う。

「幸いなことに、君とならこういうこともできそうだし、夫婦らしい幸せも紡いでいこう」

「けれど、無理をなさっているのでは？　今も少し肌が熱をもっているみたいですし……」

「君のぬくもりが移っているからだろう。今日はいつになく体調もいいくらいだから、できたら毎日、こうして眠りたいと思っている」

叶うならまた昨晩のように愛し合いたいという願いを込めて見つめたが、ジナがわかりやすく不安そうな顔をした。

「ま、毎日は……、ラウル様のお身体に触ります」

「私なら平気だ」

「でも現に、色々問題も起きていますし」

「全く問題ない。今は健康だし、こんなに爽やかな朝を迎えたのは初めてだぞ」

ラウルは、笑顔でジナの頬をそっと撫でる。

「ジナの寝顔を見れたのは、嬉しかった。こうして、共に一つのベットで起きるのもな」

「ね、寝顔を見たのですか?!」

「可愛かった」

「か、可愛いわけがありません！」

　ムキになる姿も可愛いと思ったが、言えば拗ねられてしまいそうなので我慢する。

「それに本当に可愛かったら、こうして側にはいられないでしょう？」

「ジナなら平気だ」

「でもお身体には絶対負担がかかっているはずです。とにかくまずはお医者さまに見てもらいましょうね」

　頑なな表情に、ラウルは渋々頷く。

「だがもし問題なければ、これからも同じベッドで眠っても？」

「も、問題がなければ」

「言質は取ったぞ」

　にやりと笑うと、ジナは小さく息を呑む。

　彼女の顔には後悔の色が見えたが、ラウルは見ないフリをする。

（ようやく訪れたチャンスを、逃しはしない）

　昨晩の記憶が正しければ、ジナはラウルとの行為をいやがっているわけではなさそうだった。むしろ彼女の方から、求めてくれた気がする。

（きっと、私たちはもっと夫婦らしくなれるはずだ）

そのためにはまず自分が健康だと証明せねばと、ラウルは一人気合いを入れたのだった。

結婚三日目の朝――。病院へと出かけたラウルを見送ったジナは、ルドヴィカと共に城をぐるりと見て回ることになった。

長年勤めていた場所だからあえて見て回らなくてもと思ったが、暮らすとなるとまた別だとルドヴィカに説き伏せられたのである。

それにもう一つ、たまには城を歩いてみようと思った理由がある。

「……ジナ！」

部屋を出たところで、ジナの前方から黒いお下げ髪の少女が歩いてくる。

大きな丸眼鏡とそばかすが印象的なその少女は、ジナの数少ない友人『カミラ』であった。

今年で十六になる彼女は、城に勤める、数少ない侍女だ。

女性が苦手なラウルのために、ここで働く女性は数が少ない。更に年配の女性がほとんどである。

しかしルドヴィカには同年代の侍女が必要だろうと、雇われたのがカミラだった。

彼女は元々騎士団の厨房で働いていた少女で、ジナとは以前から親交があった。

二人が仲良くなったのは、若い騎士に言い寄られていたカミラをジナが助けたことがきっかけだった。

奥手な彼女はしゃべるのが苦手で、すぐ言葉に詰まってしまう。故になかなか厨房の奥から出てこないが、そこが庇護欲を誘うと若い騎士たちの間では密かに人気があったのだ。

またためがねの下の顔が愛らしい事も、人気に拍車をかけていた。

だがカミラは男性が得意ではなく、声をかけられるたび泣きそうになっていた。それを見かねて助けに入って以来、ジナは彼女になつかれたのである。

その後ルドヴィカの侍女を探していると聞いたとき、ジナは彼女を推薦した。

カミラは臆病なところがあるが、それ故に気配を消すのがうまい。だからもしラウルと鉢合わせしてしまっても恐怖をあおらないのではと思ったのである。

またルドヴィカはとにかくおしゃべりで、機嫌がいいと人の三倍はしゃべる。それに付き合える辛抱強さもカミラはもっていた。

タイプの違う三人だが自然と馬も合い、今や親友と言っても過言ではない。

「あっ、今は奥様とお呼びしなきゃ……だめよね……？」

「よして下さい！　カミラには、いつもみたいに呼んでほしいです」

「そうよそうよ！　私たちは仲良し三人組でしょ！」

ルドヴィカが二人の間に立ち、それぞれの腕をぎゅっと抱き寄せる。
彼女はいつも、二人と対等に接する。
元々リオザの王家は、歴史ある家柄ながらさほど格式ばってはいない。王家と言っても
もはや形だけだと、使用人たちとも気さくに触れあっている。
だから三人は、友人として食事をしたり出かけることもよくあった。
「でも、また三人で一緒にいられて嬉しいわ。ジナもカミラも立て続けにやめてしまった
から、私ずっと寂しかったの」
ルドヴィカはそういうと、すねたように頬を膨らませる。
寂しいと全身で訴えるルドヴィカを、ジナとカミラは二人がかりでなだめた。
ジナが怪我で騎士をやめたのと時を同じくして、カミラも両親の病を理由に一度侍女の
職を辞している。彼女の家はパン屋を営んでおり、その手伝いが必要になったためだ。
現在は両親の体調も持ち直しつつあり、店の方にも人を雇う余裕が出来たおかげで彼女
は侍女に復帰した。
本当は実家の手伝いを続けるつもりだったようだが、ジナも戻ってくるから是非また働
いてほしいとルドヴィカが頼み込んだそうだ。
（結婚には色々不安があったけど、また三人で一緒にいられるのは嬉しいな）
久々の再会を祝したブランチを取り、ジナは二人と宮殿を巡ることになった。

（それにしても、改めて見てもすごい宮殿よね……）

王族の住まう本館を見て回りながら、ジナは改めてその豪華さに舌を巻く。

リオザの宮殿は今から遡ること三百年前に建てられたものである。

贅(ぜい)を尽くして建てられた宮殿は豪奢(ごうしゃ)なもので、王たちが住まう本館の他に六つの離宮と広大な庭園を有していた。

現在、本館周辺以外は王家の手を離れ、離宮は議事堂や役所、図書館や病院などに改修され、庭園の一部は市民に開放されている。

宮殿を手放すと決めたのは、ラウルの姉である亡くなった女王だ。

宮殿の維持には多額の税金がかかる。ならば少しでも国民に還元したいと彼女は考えたのである。

その考えはラウルとフィビオも同じで、彼らは今も本館のみを住居として使っていた。

本館は食堂やサロンのある中央棟。ラウルの住まいである西棟、ルドヴィカとフィビオが使っている東棟の三つに別れているが、仲の良い家族なのでそれぞれの棟を気軽に行き来している。

「でも本当に嬉しいわ。こうして歩いてると、昔に戻ったみたいじゃない？」

庭園を望む回廊を歩きながら、ルドヴィカはジナの手をぎゅっと握っている。その様子にカミラがくすりと笑った。

「ルドヴィカ、ジナがなかなか手を繋いでくれないってずっと拗ねてたよね」

「それ、言わないでって約束でしょ！」

「でも言った方が、ジナはルドヴィカを甘やかしてくれそうだけど」

「そうかな？」

「ジナはルドヴィカに甘いから」

「でも今まではずっと繋いでくれなかったのよ」

ルドヴィカに上目遣いでじっと見つめられ、ジナは慌てて「理由があったんですよ」と彼女をたしなめる。

「私は護衛ですから、腕が使えないといざというときに困るでしょう？」

「なら今は、もう良いのよね？　手でも腕でも、好きにつないでいいのよね？」

グイグイ来るルドヴィカの勢いに苦笑しながら頷けば、より強い力で手を握り直される。

（ルドヴィカ様は、相変わらず甘えん坊ね）

今日も案内をするというのは口実で、ジナにくっつきたいから呼び出されたに違いない。

でもそこが可愛いと思ってしまうのは、幼い頃から彼女の面倒を見ているからだろう。

騎士様と呼び慕われ、抱っこや添い寝をせがんできた小さなルドヴィカは本当に愛らしかったなと懐かしく思い出す。

あの頃から実の妹のように可愛がっていたけれど、まさか本当の妹のような立場になるなんて不思議なものだ。

感慨にふけっていると、そこで見知った顔が前から歩いてくることに気がついた。

現れたのは騎士の一団だ。彼らはジナを見るなり「おっ」と声を上げる。

その中心で顔を輝かせているのは、ジナのかつての上司『ベルナルド』だった。

細身の身体と長い手足、そして品の良い眼鏡をかけているせいで、騎士と言うよりも執事のような出で立ちだ。

そんな見かけに反し彼はこの国一の剣の達人だ。そろそろ初老にさしかかるというのにその腕は衰えず、今もラウルの近衛を務めている。

今後はジナの護衛も務めると聞いていたが、彼に恭しくお辞儀をされるとなんだか落ち着かない。

「丁度良かった、今ご挨拶に伺おうとしていたところなんですよ」

「先生に頭を下げられると、なんだか落ち着きません」

今まで通りでお願いしますとジナが言うと、ベルナルドは「ふふっ」と品良く笑う。

「大公の奥方になったのですから、慣れてもらわないと困りますよ」

「とかいって、先生はラウル様にもあまり頭を下げないじゃないですか」

ベルナルドはラウルの剣の師匠でもあり、若い頃から護衛をしている。故に二人は兄弟のように仲が良いのだ。

「先生は、ラウル様にいつも辛辣でお厳しいでしょう」

「優しくしたいのですが、あれは色々と情けなさ過ぎるので」

「それ、叔父様が聞いたら泣いちゃうわよ」

ルドヴィカが突っ込むと、ベルナルドが笑う。ジナやカミラもつられて笑っていると、賑やかな空気を察して他の騎士たちもわらわらと寄ってくる。

どれもこれもジナにとっては見知った顔で、「前と同じように接してほしい」と笑えば、彼らはさっそくジナをからかい始めた。

「しかしお前、せっかく結婚したのにまだ男装なのか?」

「おおっ、手に持ってるのはまさか仕込み杖か?」

「ジナは相変わらず剣は手放せないんだな〜」

賑やかな騎士たちに、ジナは懐かしさと安堵を覚える。

騒々しいところもあるけれど、明るい同僚たちがジナは大好きだった。騎士だった頃は下世話な話題に付き合わされたりもしたが、それもまた今では良い思い出だ。

故に結婚したことで距離を取られたら嫌だと、密かに思っていたジナである。

「みんなも相変わらずみたいで良かったです」

「ラウル様たちのおかげで、楽しくやらせてもらっています」

言いつつ、そこで僅かにベルナルドの顔が曇る。

「楽しくやっているにしては、浮かない顔ですが」

「実を言うと、少しばかり懸念がありましてね」

「懸念？」

ジナが首をかしげていると、側にいたカミラの表情が曇った。

「あの人のせいね……」

「あの人？」

気になって説明を求めようとしたとき、彼らの『懸念』がジナの側までやってくる。

「お前たち、いくら元同僚とは言えその態度は何だ！」

響いた怒鳴り声に、騎士たちが慌てて身を引いた。ルドヴィカとカミラに至っては、ジナの背後にさっと隠れる。

（この声、もしかして……）

嫌な予感を覚えながら振り返ると、そこにいたのはかつての同僚ヤコフだ。

近衛隊の隊長であることを示す特別な制服を纏った彼に、ジナは内心うんざりする。

「これが『懸念』よ。ちょっと前に大きな手柄を立てて、今は彼が近衛隊長なの。カミラたち侍女にまで威張りくさって、腹立たしいったらないわ」

苛立ちを隠しもしない顔でルドヴィカが見ているのは、制服につけられた輝かしい勲章だ。

この国の騎士は実力主義だ。多少性格に難があっても、手柄を立てれば出世ができる。

またヤコフはジナに対しては性格が悪かったが、目上には逆らわず相手を持ち上げるのが上手い。

結果年上の騎士には可愛がられており、出世も早かった。

しかしジナへの態度が酷かったせいでルドヴィカには嫌われており、ベルナルドのように彼を良く思っていない騎士も多い。

(実力はあるのに、本当にもったいない人だわ……)

呆れは顔に出さなかったつもりだが、ジナを見つめるヤコフの顔は険しい。

「建物の外に出るときは護衛をつけるのが規則だと、あなたは知っているはずでは?」

「庭に出る時はそうだけど、本館の側なら自由に歩けたはずでしょう」

「最近規則が変わったんです。特にあなたは、勝手に出ないでいただきたい。ただでさえ今は——」

「はいはいはい！　もうそこら辺にしましょう！」

ヤコフの愚痴が始まる前にと、ベルナルドが間に割って入ってくれる。

「そもそも私たち、ヤコフの言う新しい規則に関する説明を受けるために、騎士の詰所にいくところだったのよ?」

ルドヴィカにも言われれば、ヤコフは渋々といった顔で口を閉じる。

それを見て、ベルナルドがさりげなくヤコフとジナたちの間に入ってくれた。

「新しい規則は自分の方から伝えておきます。隊長さんはこれからフィビオ様のところでしょう？」

「……ええ。色々と、やっかいごとが増えたのでその相談に」

何か言いたげな視線に違和感を覚えるも、ヤコフはすぐに顔を背けその場から歩き去った。

その途端、カミラがほっとしたように息を吐く。青白い顔を見るに、普段から相当嫌な目に遭っているのだろう。

「カミラも、ずいぶんヤコフに虐められているみたいですね」

「いや、そんなことは……」

「ないって顔じゃないですよ」

心配になってそっと背中をなでると、カミラが泣きそうな顔でうなだれる。

途端に、ルドヴィカが不機嫌そうに腕を組んだ。

「ヤコフ、ジナに関わると本当に性格がひねくれるのよね。だから私やカミラにはあたりがきついの」

「……なんだかすみません」

「ジナのせいじゃないわ！　あいつの心が狭すぎるのがいけないのよ！」

ルドヴィカの言葉に、ベルナルドも大きく頷く。

「ヤコフは、今もジナに対して対抗心むき出しですからねぇ」

「対抗心？　ヤコフの方が出世したのにですか？」

「出世した途端に性格の悪さを隠さなくなって、近頃評判が悪いんですよ。その上ラウル様を守ったことでジナの評判は増すばかりですし、辞めた今でもあなたに憧れる騎士は多い」

「ヤコフも少し前に大きな手柄を上げたけど、ジナの活躍の前にはかすんじゃってたものね」

ため息をつきながら、ルドヴィカはヤコフの近況を苦々しい顔で教えてくれる。

丁度近衛隊長の後任を決める頃、ヤコフはとある麻薬組織のアジトを見つけるという大手柄を立てたらしい。

それが決め手になって隊長にはなれたが、騎士たちが今も褒め称えるのはジナのことばかりなので、ずっと不機嫌なのだそうだ。

それが本当なら、恨まれても仕方がないだろう。

むしろせっかく手柄をあげたのに正しく評価されないのはかわいそうだとさえジナは思った。

「あと最近、結婚が破談になったとかで余計に不機嫌なのよ」

「破談？　ヤコフがですか？」

「式の準備までしていたらしいけど、相手の不倫で台無しになったらしいわ。それで慌てて別の相手を探し始めたけど、フラれ続けてるって噂なの」

ルドヴィカの説明に、ジナは自分に来た見合いの話を思い出す。

（嫌がらせのためかと思ってたけど、もしかしたら結婚を焦っていたのかしら……）

ジナは知り合いだし年も近いため釣り合いはとれる。

きっと彼は嫌々だったろうが、相手がいないため背に腹はかえられなかったのだろう。

事情を知れば知るほどヤコフが哀れに思えてきて、ジナは自分が見合いを断った一人であることは黙っていようと決めた。ルドヴィカは口が軽いから、話せばあっという間に噂が広まるだろう。そうなれば騎士たちがここぞとばかりにからかうだろうし、ヤコフの機嫌が更に悪くなりかねない。

「そういう事情なら、不機嫌でも仕方ありませんね」

「よく許せるわねぇ。前から思ってたけど、ジナはもっと怒るべきよ」

「怒っていましたよ。喧嘩も結構しましたし」

「でもベルナルドに告げ口とかはしなかったんでしょ？」

「確かに、あなたからヤコフの愚痴は聞きませんでしたね」

ジナだって理不尽に嫌みを言われるのは腹立たしかったし、結構な言い合いもした。一方で彼が騎士として優秀なのも知っていたし、仕事中は私情を挟まなかったため、報告の必要はないかと思っていたのだ。

「今からでも叔父上に愚痴ったら？　当時のことを知ったら、さすがにクビになるかも」

「でも彼が優秀なのは事実ですし、結果を出したのなら評価されるべきかと」

「それを言うなら、ベルナルドはどうなの？　結果は出してるけど、万年下っ端なのよ？」

「先生は自分から出世を断り続けているんですよ。隊長の話は何度も来たのに、現場にいたいって聞かなくて」

「なんでそんな事するのよ。ベルナルドが隊長になっていれば、ヤコフにイライラさせられなくて済んだのに」

ルドヴィカの矛先はいつしかベルナルドに向き、彼は慌て出す。

「自分は、剣は得意ですが頭が良くありませんからね」

「頭脳派っぽいのに」

「見てくれだけですよ。近衛隊長ともなれば警備の計画とか人員の配置とか考えることが山積みだし、そういうのは不得意なんです」

そう言うと、ベルナルドはジナに視線を向ける。助けろと言わんばかりの顔に、彼女は思わず苦笑した。

「でも、先生が私とラウル様の護衛だと思うと安心です。もしヤコフが護衛だったら、息が詰まったでしょうし」

「でしょう？　僕の前なら、思う存分イチャイチャできるでしょうし」

「いっ……イチャイチャ……⁉」

「城中の噂ですよ。ラウル様とジナが大変上手くいっていると」

にっこり笑うベルナルドに、ジナは真っ赤になる。それからそっとカミラを窺うと、彼女もそこでやっと笑顔を取り戻した。

「今、その噂で持ちきりだよ。ルドヴィカたちも、祝杯を挙げてたし」

「祝杯⁉」

「ええ、兄さんと『まさかこんなトントン拍子に行くなんて！』って大喜びしてたの」

「フ、フィビオ様の耳にまで……」

「ちなみに、騎士の詰所でもお祭り騒ぎでしたよ」

ベルナルドまで付け加えるものだから、ジナはいたたまれない気持ちになる。

「そんな顔しないでよ、いいことじゃない！　叔父様がようやく結婚できて、なおかつびっくりするほど順調なんて奇跡だし、喜ばれて当然だわ」

ルドヴィカの言葉に、カミラも大きくうなずく。しかしジナはやはり言葉を鵜呑(うの)みにできない。

「でも私は脚も悪いですし、子供が出来ないという噂まであるんです。そんな自分がラウル様の相手で、本当に喜ばれているんでしょうか?」

ジナの声がすぼむと、元気づけるようにカミラが彼女の肩を撫でた。

「少なくとも、私は嬉しいわ」

「でも……」

「それに子供が出来ないのは真っ赤な嘘でしょ?」

「それはそうですが、その噂はかなり広がっているようで……」

一体どこから流れたのかはわからないが、騎士を辞めてからジナの身体に関する良くない噂がどこからか流れているのだ。

最初に流れたのは、事故で負った傷に関するものだった。ジナの服の下には酷い傷が残り、目を背けたくなるほど無残だというのだ。

その点に関しては事実であるが、続いて流れたものは殆どがでたらめだった。

怪我のせいで子供をなせなくなったとか、仕事を首にされて精神的に弱っているとか、中には王家に莫大な慰謝料を求めているなんてものまであった。

家族や友人、特にルドヴィカが率先して否定はしたものの、ジナに結婚相手が見つからなかったのはこの噂のせいでもあった。

「ラウル様が機能不全でないとわかった今、余計にふさわしくないと思われないかと不安で」

「もうっ、そんな暗い顔しないでよ！　むしろもっと素直に喜びましょう！」

「うん、そうだよ。長い初恋が叶ったんだから、喜んでもいいと思う」

「でも叶うべきではなかった恋ですし」

　弱気な声がこぼれると、そこでルドヴィカに頰を優しくつねられる。

「そんなこと言っちゃだめよ！　叶っちゃいけない恋なんてこの世にはないし、あなただって見たでしょう、あの叔父様の幸せそうな顔！」

　確かに目覚めてからの彼は上機嫌だった。今日も念のために身体の検査をしに行くと病院に出かけていったが、足取りは軽やかだった。

「それに、あなたはもう騎士じゃないんだし、あれこれ気にしなくていいの！」

「ルドヴィカの言うとおりだよ。ジナが心配性なのはわかるけど、きっと……万事上手くいくと思う」

「そうそう！　だからあれこれ考えるのはやめやめ！　新婚らしく、浮かれてはしゃぎましょう！」

　言うなり、そこでルドヴィカがジナの服を摘まむ。

「ってことで、そろそろ新妻らしい格好をしなくちゃね」

「に、新妻⁉」

摘まれている服は、念のためにと家から持ってきた男物の服である。

少しでもラウルに負担をかけないようにと、ベッドを下りるなり着替えたものだ。

「せっかく色々用意したんだから、ドレスを着ましょうよ」

「よ、用意？」

「まさか、ドレスルームを見ていないの⁉」

ドレッサーがあることは知っていたが、結婚式のバタバタもあり中の確認は怠っていた。

「侍女たちがあれこれ世話をしてくれるので、開ける必要性がなくて」

「カミラ、今すぐドレスルームを開けましょう！　今すぐ！」

ルドヴィカが言うなり、ジナは二人がかりで部屋まで引きずっていかれる。

（それにしても、改めてみるとすごい部屋よね）

ラウルの寝室と隣り合ったその部屋は、実家の部屋よりも二回りは広い。豪華な調度品と装飾に囲まれているがどれも品がよく、華美すぎない装いなので居心地はとてもよい。

そんな中、唯一立ち入っていなかったドレッサーの前にジナは立たされる。

「ほら、中を見てみて！」

目を輝かせるカミラに促され、ジナは部屋の奥にあるドレスルームを覗く。

そして彼女は、あんぐりと口を開ける。

「た、確かに、すごい……」

広々としたドレスルームの中に並んでいたのは、たくさんのドレスだ。

奥には靴や化粧品、宝飾品なども並んでいる。

「これは結婚祝いよ。私とフィビオ兄様で協力して、お姉様に似合いそうなドレスやアクセサリーを詰め込んだの！」

「でも、こんなに頂けません……！」

「こんなにって、まだまだ少ない方よ。来年からはジナも公務に出るだろうし、こうした服は絶対に必要だわ」

言うなり、ルドヴィカはカミラ以外の侍女たちも呼びつけドレスを引っ張り出してくる。

「とりあえず着てみない？　……ジナ、こういうドレス好きでしょ？」

そう言って、カミラがにっこり笑う。

「ど、どうしてそれを……？」

「見てればわかるよね、カミラ」

「そうそう。私たちもう七年もジナと一緒にいるのよ？」

確かに二人が言うとおり、ジナは男らしい見た目に反して女性らしいドレスに心を引かれていた。

自分に似合わないからと身につけたことはなかったけれど、任務などで舞踏会に参加する度、女性たちの纏うドレスを眺めるのが密かな楽しみだった。

「ジナはもう騎士様じゃないのよ？　これからは、お姫様にならなくちゃ」

「お、お姫様なんて柄じゃ……」

「十分お姫様よ！　背が高いから流行のドレスもすっごく似合うし、首元も綺麗だからアクセサリーも似合うと思うわ」

矢継ぎ早に飛び出す賛辞に、ジナは真っ赤になって項垂れる。

「それに、照れる顔はちゃんと可愛いと思う」

「か、カミラも、ルドヴィカ様にあわせなくていいんですよ！」

「あわせてないよ。ジナのことは、ものすごく可愛いって思ってる！」

ぐっと握りこぶしまで作り、カミラが強く主張する。

「それくらいにしてください。褒められるのは、慣れていないんです！」

「慣れなきゃ駄目よ。叔父様は私たちの三倍はジナのこと褒めるわよ」

確かに、彼は初夜の時もやたらと「可愛い」を連呼していた。あれが素だったのなら、ある意味では恐ろしい。

「叔父様、女性が苦手なくせに息を吐くように甘い言葉を口にするタイプなのよね。私のことも、小さな頃からずっと褒めちぎってたし」

「言われてみると、ルドヴィカ様への賛辞は凄まじかった気がしますね」

可愛い、綺麗だ、と常に口にし、小さい頃から一人のレディとして大事に扱っていた。

　そうした振る舞いは女嫌いが治るにつれて多くなり、ルドヴィカ以外の女性にも紳士的に振る舞えるようになっていた。

（それに、ルドヴィカ様が言うようにラウル様は相当甘い……）

　言葉だけでなく触れ方や、視線さえ甘かった事を思い出して唸っていると、そこで急にルドヴィカがジナの肩をがしっとつかむ。

　驚いて顔を上げると、そこにあったのは拗ねた表情だ。

「ねえ、いつまで私はルドヴィカ『様』って呼ばれなきゃいけないの？　私たち、もう家族でしょ？」

　小さく唇を突き出し、ムッとするルドヴィカ。

　ジナにとっては未だ愛らしい姫君だが、家族になったのに堅苦しすぎるのはどうかと自分でも思う。

「えっと、でしたらルドヴィカとお呼びしても？」

「その敬語もいらないわ」

「幼い頃から敬語を義務付けられていたので、取るのはさすがに難しいです」

　ジナの家は騎士の家系で、とにかく規律に五月蠅い。その結果家族にも敬語で話していると説明すれば、ルドヴィカは渋々納得してくれる。

「じゃあ『様』だけ禁止ね。破ったら、お仕置きだからね」

可愛らしく言っているが、ルドヴィカのお仕置きは地味に恐ろしい。

小さな頃から『ジナはもっと私と仲良くしなさい！　できなきゃお仕置きよ！』と言い、ジナが他人行儀な態度をとると、恥ずかしい目に遭わされるのが常だった。

「私最近、とっても濃厚な恋愛小説にはまってるの。今度『様』をつけたら、濡れ場のシーンを全部読んでもらうからね」

「……ル、ルドヴィカ様！　それはさすがに！」

「はいっ、お仕置きね」

輝く笑顔に、ジナは助けを求めるようにカミラを見る。

でも彼女はにっこり微笑み、無言で首を横に振った。

（諦めなさいって、言われている気がする……）

「よし、図書室に行く前におめかししましょう。小説のヒロインみたいな、色気のあるドレスが良いわね」

「い、色気……!?」

「スリットが入っているのにしましょ！　ジナは脚が綺麗なんだから目一杯見せなきゃ」

「で、でも傷があるし……」

「傷があっても綺麗な脚よ。見せるのが嫌ならタイツを穿いてもいいし、とにかく脚は晒すに限るの！」

ルドヴィカがはしゃげば、カミラも準備を始める。

そこでもう一度助けてと視線を向けると、彼女は苦笑を浮かべた。

「こうなったら絶対止まらないのがルドヴィカだから」

「わかってますけど、絶対とんでもない目に遭いますよこれ……」

「でも、できたら付き合ってあげて」

そこでカミラが、そっと声を潜める。

「ジナがいなくなってから、ルドヴィカはずいぶん落ち込んでたの」

「そうなんですか？」

ジナの退職を残念がっていたが、怪我ならば仕方ないとルドヴィカは無理に引き留めなかった。我が儘も言わず、幸せに暮らしてと笑顔さえ見せていたほどだ。

「裏ではラウル様とも相当喧嘩したんだって……。ルドヴィカは引き留めたかったけど、あの方がジナの決めたことなら引き留めるなと相当釘を刺したみたい」

「ラウル様が……」

「たぶんラウル様も責任を感じていたんだと思う。自分のせいで誰かが不幸になったら、合わせる顔がないって思うだろうし……」

言いながら、カミラはそこで僅かに目を伏せる。

その表情が少し気になったけれど、彼女はすぐいつもの笑顔に戻った。

「でも今は、ルドヴィカもラウル様もジナと一緒に暮らせて喜んでる。だからしばらくはひどい目に遭うかもしれないけど、頑張って！」

「ひ、ひどい目⁉」

「ルドヴィカとフィビオ様がとんでもないもの、色々用意してたよ」

「フィ、フィビオ様まで噛んでいるんですか⁉」

慌てふためいていると、そこでルドヴィカが戻ってくる。

「よし、これにしましょう！」

カミラの読み通り、押しつけられたドレスは大きなスリットが入っていて色々きわどい。

そこで改めて「おもちゃになる」という意味をジナは悟る。

「よしカミラ！　早速着せちゃって！」

「あと、化粧もする？」

「いいわね！　色気たっぷりな感じにしましょう‼」

ルドヴィカの勢いはもはや止められる気配はない。

（たしかに、これはもうおもちゃになるしかないのかも……）

そしてジナは目を閉じ、心を無にしてやり過ごそうと決めたのだった。

　ジナがルドヴィカに捕まり『お仕置き』を受けている頃、検査を終えたラウルはいつになく上機嫌で城へと帰ってきた。

　ジナが受けろというので仕方なく体調のチェックをしたが、今のところ問題はない。むしろ元気すぎるくらいだった。

　それを報告すればジナもふれあいを許してくれるに違いないと考えるだけで、気分がはねる。

　しかし城内に入るなり、彼の気分は急降下することになる。

「叔父上、お加減はいかがですか？」

　待ち受けていたのは、笑顔を貼り付けたフィビオだ。

「あれ、今僕の顔を見てがっかりしました？」

　してないと言えなかったのは、ジナの出迎えを期待していたからである。

　フィビオとルドヴィカも同じ場所に住んでいるし、今までも彼に出迎えられたことは何百とあるけれど、結婚したばかりの今日だけはジナが良かったと思わずにはいられなかった。

「隠さなくても、叔父上の考えなどお見通しです。特にジナのことに関してはね」

「そんなにわかりやすいか？」

「わかりやすすぎますよ。叔父上の側にいれば、あなたがどれほどジナを好きかはすぐに気づきます」

気づかないのはジナくらいだと、ファビオは笑う。

「そして今もジナに会いに行きたいのはわかりますが、少しだけお時間を頂けますか？『例の件』で、少し動きがあったので」

低まった声音に、ラウルの表情が僅かに曇る。

書斎に移動し、部屋に誰も入らないよう執事に申しつけると、ファビオが懐に手を差し入れる。

「先ほど、ヤコフが届けに来ました」

彼が取り出したのは、封筒に入った手紙である。

宛名はラウルのものになっているが、差出人の名前はなく、赤い封蠟（ふうろう）にも刻印はない。

「今度はどこに？」

「ウルス議員の元に届いたそうです」

フィビオの言葉に嘆息し、ラウルは封筒を受け取る。

ヤコフが事前に確認したのか、既に封は切られている。

中を取り出せば、出てきたのは女性の文字で綴（つづ）られた不気味な脅迫状だ。

綴られている文章はラウルの結婚への反対と、ジナへの中傷である。

「これで、今月に入って十通目か……」

この不気味な手紙が届くようになったのは、丁度ジナとの結婚が決まった矢先、城に脅迫状が届いたのが始まりだった。

最初の脅迫状は全て『大公の婚約者はあばずれ。今すぐ婚約を破棄せよ、さもなければ王家に災いが降りかかる』という内容だった。

すぐさま騎士たちが捜査を始めたが、今のところ差出人はわかっていない。

また脅迫状は届くものの、それ以外の危害を加えてくる様子はなく、ある種の悪戯ではと最初は考えられていた。

だが結婚の準備が始まると、今度は城だけではなくラウルと親交のある議員たちの元にも脅迫状が届き始めたのだ。

やはりこちらも、結婚をやめさせろと言う内容である。

そのような状況で婚姻を推し進めても良いものかという意見も出たが、脅迫状の内容から察するに相手はラウルよりもジナに恨みがあるように思えた。

脅迫状が届き始める前から、彼女は社交の場でいわれのない誹謗中傷を受けており、それを流した者と同一人物の可能性が高いというのが捜査に当たった騎士たちの見解だ。

ならば結婚してジナを城に迎え入れた方が安全だと、ラウルは判断したのである。

城はこの国のどこよりも警備が厳重だ。また王家の一員になればどこへ行くにも護衛がついてくるのが当たり前なので、いざというときの対処もできる。

（しかし問題は、ジナを恨んでいるのが誰かだな……）

彼女は敵を作るタイプの人間ではなく、むしろ誰からも慕われている。

騎士の仲間はもちろん城の者たちや議員たちからの好感度も高く、故にラウルとの結婚も脅迫状という問題があってもなお進んだのだ。

だからこそ逆に差出人の素性が絞れず、捜査に当たっている騎士たちは苦心している。

「やはりそろそろ、脅迫状のことをジナに話すべきだろうか……」

「それはやめた方が良いと、ルドヴィカとベルナルドに止められたでしょう」

「しかし彼女に聞けば、何かわかるかもしれない」

「既に秘密裏に調査を行いましたが、ジナ本人は何も知らないようだという結果が出ています。それにこの状況で脅迫状のことを話したら、叔父上や我々に危険が及ぶことを危惧するに違いありません」

今すぐにでも実家に帰ると言い出しますという言葉は、少し前にルドヴィカたちからも言われていた。

騎士を辞してもなお、ジナはラウルたちのことを何よりも優先しがちだ。そんな彼女がもし脅迫状のことを知れば、絶対に結婚してくれないだろうと言うのが周りの考えだ。

「ジナは自分を蔑ろにするところがあります。特に叔父上が絡むと自分のことは二の次ですからね」

「わかっている。その結果があの怪我だからな……」

「彼女のことですから『いっそ自分を囮に見つけよう』などと言い出しかねませんよ」

「あり得そうで怖い」

やはりジナには隠すべきだと、ラウルは結論づける。

「ひとまず、ジナの件はお前に任せても良いか？」

「ええ、そのつもりです。手紙の件は僕とヤコフで責任を持って調査し隠蔽しますから」

「世話をかける」

「叔父上とジナのためです。二人には、ずっとお世話になってきましたから」

フィビオの頼もしい言葉に、ラウルは思わず目を細める。

「お前は本当に立派になったな」

「叔父上に育てて頂いたおかげです」

「私は何もしていないさ。親代わりと言いつつ、見せたのは情けない一面ばかりだっただろう？」

冗談めかして言えば、フィビオが小さく吹き出す。

「まあ確かに、女性の事に関しては見習えないところも多々ありましたが」

「こういう大人にはなるなよ」

「ですが、叔父上は無事結婚できたではありませんか。それに色々上手くいったと聞き及んでおります」

息子同然の男にも初夜の騒動を知られていると思うと、さすがに恥ずかしくなる。

「あれはルドヴィカのおかげだ」

「そういえば、とんでもないチョコレートをもらったとか?」

「とんでもなさ過ぎて、医者には二度と食べるなと言われたよ」

検査の時に調べて貰ったが、ルドヴィカのチョコレートに入っていたのは媚薬と興奮剤だったらしい。ただかなり効果が強く、使うならもっと控えめなものにしろと、チョコレートは取り上げられてしまった。

「しかしルドヴィカは、いつどこであんなものを……」

「市中でしょう。叔父上とジナの仲を取り持つんだと張り切って、ずいぶん前から色々買い集めていましたから」

時には自分も連れ出されたと、フィビオは笑う。

「お前も、妹には振り回されているな」

「でも楽しかったです。叔父上とジナに上手くいってほしいのは、僕も同じですから」

そう言うと、そこでフィビオが何かを取り出す。

「と言うわけで、これをどうぞ」

言うなり手渡されたのは、ピンク色の液体が入った小さな小瓶である。それも見るからに怪しい。

「お前まで一体何だ？　まさか、これも何かの薬か？」

「ただのバスオイルです」

「……本当に？」

「なぜ疑うんです？　僕はルドヴィカとは違いますよ？」

などと言っているが、この兄妹が似たもの同士であることをラウルは知っている。

落ち着いた物腰から『破天荒な妹をたしなめる兄』と周りには思われているが、フィビオが妹をけしかけ、とんでもないことをさせる事も多いのだ。

思えばジナをラウルの護衛にと推薦したのもフィビオだ。あれもまた叔父の女嫌いを治すための計画だったと知り、頭を抱えた時のことが頭をよぎる。

「お前たちは時々、私の幸せのためにとんでもない事をしでかすからな……」

「実際、その多くが上手くいったでしょう？　特にジナに関しては」

「まあ、一応な……」

「ならこれも、絶対上手くいきますから」

「そもそも、これをどうしろと？」

「文字通り、お風呂に入れれば良いだけです。できたら、二人で入るときに」

言うなり、ラウルはバスオイルをがっちり握らされる。

「是非、今夜にでも使ってくださいね」

「……本当に、ただのオイルなんだな？」

「ええ、ただのオイルです」

こういうとき、この甥っ子は自分の美貌の使い方をよく知っている。

男でも圧を感じる美しい笑みを浮かべて「絶対使って下さいね」と繰り返されると、ラウルは頷くことしかできなかった。

「っ……かれた……」

朝よりも嗄れた声をこぼしながら、ジナは行儀悪くソファーに倒れ込んだ。

着せられたドレスはそのままなので、脚があられもなく晒されているが、部屋には誰もいないためそのままにしている。

（それにしても、ひどい目に遭った……）

声がかすれているのは、お仕置きという名のもとルドヴィカ一押しの官能小説を朗読させられたからである。

（そ、その上……あんな……あんなことまで……）

ルドヴィカのお仕置きは過酷だった。なにせ声が小さい、色気が足りないというなり、カミラと二人がかりで身体をくすぐられ続けたのである。

昔から、ジナはくすぐられるのに弱い。特に脇腹を攻められると駄目なのだ。嫌だ、やめてと訴える声は、確かに喘ぎ声と似た声音になっていたけれど、やり方が強引すぎる。

その上、悶えた拍子にうっかり見えてしまった脚をニタニタしながら撫でてくる始末だ。

『この脚に、叔父様はいったいどんなことをしたのかしら？』

などと言われ、初夜のことを思い出して真っ赤になったのは言うまでもない。

そんなジナを可愛いと褒め、最後は「これからの参考になる本を貸してあげる」と十冊も官能小説を押しつけられた。

（明日までに二冊は読めって、無理すぎるわ……）

とはいえ「この小説のヒロインみたいにすれば、叔父様はイチコロよ！」などと言われてしまうと、興味は惹かれる。

恐る恐る中を開けば、本にはしおりとメモがわざわざ挟まっていた。

『仲を深めるには裸の付き合い！　一緒にお風呂に入れば絶対に距離が縮まる！』

というメモの挟まったページを開いてみると、思わず赤面したくなるような挿絵が現れる。

広い湯殿で、高貴な男女が肌をまさぐり合う絵は刺激が強すぎて、慌てて本を閉じた。

「無理！　こんなの、絶対に無理！」

自分は身体も傷だらけだし、裸の付き合いなんて絶対に無理だと身もだえる。

「それにお風呂って事は絶対に明るいし、色々見えちゃ――」

「風呂がどうした？」

「……ッ――!?」

声にならない悲鳴を上げて、ジナが手にした本を放り出す。

慌てて首を傾ければ、部屋の入り口にはラウルが立っていた。

彼もまたジナを見つめ、唖然とした顔で立ち尽くす。

見開かれた彼の目に映っているのがはしたなく晒された己の生足だと気づき、ジナはソファからずり落ちながら裾を整えた。

「……痛っ……」

だが慌てすぎたせいで、傷のある脚を地面に強く打ち付けてしまう。途端に痛みが走り、ジナは小さく呻いた。

「どうした、脚が痛むのか……？」

ラウルが慌てて駆け寄ってくる。

「ちゃんと直ってはいます。でも衝撃を加えたり、長いこと冷やすと痛みが走ることがあって……」

「でも、今確かに痛いと言っただろう。やはりまだ、傷は治りきっていないのか？」

「だ、大丈夫です」

　そのせいで冷え、余計に痛みが出たのだろうと考えていると、ラウルが脱いだコートでジナの脚をそっと包んだ。

　ルドヴィカが着せたドレスは生地も薄いし、スリットのせいで脚が外に出がちだ。

「そのドレスは似合っているが、傷には良くなさそうだな」

「い、今、似合ってるって言いました……？」

　思わず聞き返すと、ラウルがふっと笑みを作る。

「ああ、だから本音を言えばもう少しよく見たかった」

「本当に？　女性らしいデザインですしお嫌いでは？」

「むしろ好きだ。傷に支障が出ないなら毎日でも着てほしいくらいだ」

　告げる声は妙に甘く、ルドヴィカがラウルは褒め上手だと言っていたことを思い出す。

「それは、ルドヴィカが用意したドレスか？」

「はい、ドレスルームにあったものです」

「私はあの中を見せてもらえなかったんだ。ルドヴィカがとんでもないドレスを入れていないかと不安だったが、そういうわけではないらしい」

　そこで改めて、ラウルがジナの姿をまじまじと見つめる。

　気恥ずかしさにうつむきかけると、大きな手が顎を摑んでそっと上向かせる。

「それに化粧もしたのか？」

「は、はい……。カミラが、やってくれました……」

「綺麗だ。紅の色も鮮やかで、とても良いな」

「でも、華やかなのはお嫌いでは？　それに化粧の匂いはあまり好きではないと前に……」

「これくらいなら問題はない。以前、厚化粧の女性に迫られたときは死にかけたが、ジナの香りはむしろ好ましい」

　何かを確認するように、ラウルがジナの顔に顔を近づける。彼の鼻先が頰に当たるとなんだかゾクッとして、ジナは小さく呻く。

「うん、やはり良い香りだ」

　顔が近いせいで心臓がドキドキして、僅かだが息まで苦しくなってくる。

　側で聞く彼の声は先ほどよりもっと甘く聞こえて、落ち着かない気持ちになる。

「あ、あの……、それくらいで……」

　緊張しながら声を絞り出せば、ラウルははっと我に返る。

「すまない、まずは身体を温めなければな」

そう言うと、ラウルがジナの身体に腕を回す。

そのまま抱き上げられたかと思えば、彼はジナを抱えたまま部屋を出る。

「えっ、あの、いったいどこへ？」

「風呂に決まっている。冷えると、傷が痛むと言っていただろう」

途端に、さっきの挿絵が思い出されて顔が真っ赤になる。

（も、もしかして……、あれが現実になるの……？）

恥ずかしいし絶対無理だと思っていたはずなのに、いざ浴室に連れて行かれると何かを期待するように心が騒ぐ。

足を踏み入れた浴室は、ラウルとジナ専用のものだった。大人二人は入れる広いバスタブが置かれ、蛇口をひねれば簡単にお湯が出る最新式のシャワーなども完備されている。入ったときは使用人があれこれ準備していたが、ジナたちを見るなり彼らはタオルなどを置いてすぐに下がった。

ようやく下ろされたジナは、そこで周囲の様子を改めて観察する。

「もしかして、入浴するところだったのですか？」

既にバスタブには湯が張られ、オイルが垂らされているのか花の香りが漂ってくる。

「あ、ああ……、まあな……」

言いよどむ彼を見て、ジナははっとする。もしかしたら、彼は疲れを癒やすためにゆっくりと湯に浸かるつもりだったのかもしれない。

その準備を進めていたところでジナが傷の痛みを訴えたので、慌てて連れてきたのだろう。

「私は大丈夫ですので、先にお入り下さい」

「いや、君が入るべきだろう」

「ですが、今日は色々な検査をされてお疲れでしょう」

「疲れてはいない。検査もそう時間もかからず、問題なく終わったしな」

「なら、異常はなかったのですか？」

「健康そのものだと言われたよ。ただ、あのチョコレートは食べるなと言われたが」

健康という言葉に、ジナはひとまずほっとする。

「確かに、あのチョコは凄すぎましたね」

「フィビオが言うには、ルドヴィカがわざわざ街で買ってきたらしい」

「……毒味、しましたよね？」

「さすがにしたと思うが、食べさせられた者が哀れだな」

性欲が皆無だったラウルでさえあの有様だったのだ、もし毒味役が健康な成人男性だったら大変なことになっていただろう。

「ルドヴィカ様は、本当にとんでもないことをしでかす天才ですね」

「もう少し、落ち着いてくれれば良いのだが……」

そんな日は来ないと、言いたげな表情に思わず噴き出す。

「でも、元気があるのは良いことですよ」

「元気がありすぎて、君も迷惑を被っているのでは？」

「まあ今日も色々ありましたけど……」

「まさか、なにか無茶をさせたか？」

「内容については黙秘します」

官能小説の音読なんて言えるわけがないと呻いていると、今度はラウルが噴き出す。

「お互い、あの子たちには苦労するな」

「ですね」

自然と見つめ合い、二人の笑みが重なる。

たったそれだけで胸の奥に幸せな気持ちがこみ上げ、いつまでもこうしていたいという気持ちになる。

（でも、そろそろ行かないとお湯が冷めちゃうわね）

やはりここはラウルに先に入ってもらおうと思い、ジナは扉の方を向く。

「私はラウル様の次にします。だからどうか、ゆっくりなさって下さい」

そう言って、ジナは部屋から出ようとした。

しかしそこで、ラウルが慌てた様子で浴室の扉を閉める。

「待ってくれ。まだ、君と話していたい」

「ですが湯が冷めてしまいますし」

「そもそも、これは君と入りたくて用意させたものだ」

照れくさそうに髪をかき上げながら、ラウルがジナを見つめる。

「夫婦は共に入浴するものだと聞いたのだが、嫌か？」

ラウルの言葉に、ジナの脳裏に再びあの挿絵がよぎる。そのせいでジナの方も顔が赤くなり、ラウルが慌てた様子で首や腕を振る。

「もちろん、やましいことはしない」

「えっ、しないんですか？」

「しな……、えっ……？」

「……あっ」

失言に気づいて更に顔を赤くしていると、ラウルも赤面したまま固まる。

そのまま気まずい時間が流れ、何か言わなければとジナは焦った。

今のは冗談だと誤魔化せば良いのかもしれないが、この状況でとっさに言葉が出てくるわけもない。

(無理、冗談で誤魔化すとか……絶対に無理……!)

活路を見いだせずに困り果てていると、ラウルがそこでぐっと距離を詰めてくる。

その顔からは恥じらいが消え、昨晩見た大人の色香が漂っていた。

「あまり私を喜ばせないでくれ」

言うなりそっと唇を奪われ、ドレスの留め金にラウルの指が伸びる。

服を脱がされるとわかったけれど、なぜだかそれを拒めなかった。

肌を晒すのが恥ずかしかったはずなのに、今は肌を見られる予感に興奮さえしている自分がいる。

(私、一体どうしてしまったのかしら……)

はしたない欲望を抱く自分に戸惑いつつ、ジナはラウルの手によって裸にされる。

「とりあえず、まずは温まろう」

だがそれだけでは終わらせないとにじませながら、ラウルはジナを抱き上げ湯船に運んでくれる。

それから彼も服を脱ぎ、湯に身体を沈めた。

近づく距離にドキドキしていると、彼がそっとジナの肩を引き寄せる。

「そうして縮こまっていたら傷が痛むだろう。私に身を預け、脚を伸ばすといい」

これ以上くっつくのは恥ずかしかったけれど、なぜだか抵抗はできなかった。

背後から抱えられる形で抱き寄せられ、厚い胸板にそっと身を寄せる。

ドキドキしたけれど、この体勢だと彼の顔を見ないですむのが救いだ。

（見つめ合ったら、きっと……キスとかしたくなるし……）

実を言うと、先ほどからジナはラウルの唇に視線が吸い寄せられるのを感じていた。

それに気を抜くと、なんだか妙な気分になってしまうのだ。心にはしたない願望が生まれ、初夜の時のように触れて欲しいと思わずにはいられなくなる。

「緊張しているのか？」

耳元で囁かれるが、ジナはうまく答えることができない。

何も言えぬままうつむいていると、抱き寄せる腕に力が込められる。

「嫌なら言ってくれ。さもないと、つけ込みたくなる」

「ラウル様こそ、嫌ではないですか？」

「嫌なわけがない」

「でもあまり私のことは見ないで下さいね」

「なぜだ？」

「だって、気分が悪くなるかもしれないですし」

言いつつ、ジナは自分の身体に目を向ける。

（いや、でも……、私の身体は女っぽくないから平気かな……）

隠さずとも良いくらい自分の胸は平らだ。

現役の頃よりはかなり筋力が落ちたけれど、年頃の女性が持つ丸みがない身体は色気もあまりない。

だから平気なのかもしれないと思った瞬間、首筋に柔らかなものが押し当てられる。そのまま甘くはまれたことで、それが口づけだとジナは気がついた。

「な、なにを……」

「何もわかっていないようだから、君の身体に教えようと思ったのだ」

言いながら、今度は耳元にそっと口づけられる。

「君の身体は魅力的だ。だから触れたいし、口づけたいと思ったんだ」

「わ、私の身体が……？」

「ああ、とても素敵だ」

そう言うと、ラウルの手がジナの肩から腕をたどる。

そして湯の中に沈んでいた手を、ゆっくりと持ち上げた。

「ずっと私たち王家を守ってくれたこの腕も、騎士の誇りを宿したこの胸も、私のために傷を負った脚も、すべてが尊くて美しいと思っている」

言葉と共に、まるで宝石でも撫でるようにラウルの手がジナを愛でる。

それに喜びと、甘い愉悦を覚えながら、ジナは恥ずかしさに顔を伏せた。

「ほ、褒められ慣れないので、恥ずかしいです……」

「なら慣れるようもっと褒めようか」

「も、もう十分ですから！」

「でも私は褒めたい。そして君がいかに素晴らしいかを、語りたい」

言葉と共に、口づけがジナの首筋を不意に撫でた。

「……あっ、ッ」

途端に得も言われぬ心地よさが溢れ、甘い声が口からこぼれてしまう。

慌てて口を手で覆ったが、ラウルの身体が硬直したのを見るに、ばっちり聞こえてしまったのだろう。

「い、今のは、その、違っ……」

慌てて振り返り、必死に言い訳を考える。

だが自分を見つめる深い緑色の瞳と目が合った瞬間、口にしようと思っていた言葉は消し飛んだ。

「ジナ」

甘く名を呼ばれると、なぜだか肌がぞくりと震える。

湯あたりしたように身体がほてり、心臓が五月蝿いほど高鳴る。

「いいか……？」

ラウルの視線が唇に注がれていると気づき、ジナは考える間もなく頷いてしまった。

向かい合わせになるよう体勢を変えると、そっと唇を重ねられる。

ジナが目を閉じると、濡れた手で頬を撫でながら、ラウルはキスを少しずつ深めていった。

「……ぅ、ンッ……」

自然と舌が絡み合い、心地よさに声がこぼれる。

お互いにキスの経験は少なく、決して巧みとは言えないものの、探るように舌を絡ませるだけで胸の奥に幸せな気持ちが満ちていく。

キスは長く続き、お互いに息が上がるとようやく唇が離れる。

「……キスとは、素晴らしいものだな」

離れた唇の代わりに額を合わせながら、ラウルがうっとりと声をこぼす。

それに頷こうとしたとき、ジナの腹部に硬いものが当たった。

「あの、ラウル様……」

「すまない、君を前にすると我慢が利かないようだ」

ラウルの声と熱を帯びた眼差しに、ジナの身体が期待に震えた。

まだキスをしただけなのに、彼を欲しいと思っているのは自分も同じようだ。

「ラウル様、私も……」

「私を欲しいと、思ってくれているのか？」

うなずこうとしたが、それよりも早く口づけられる。

先ほどより激しい口づけと共に強く抱きしめられ、ジナの身体が傾く。

沈みそうになった身体をラウルが慌てて抱きしめなおすと、跳ね上がった湯がジナの頬をぬらす。

（あ、れ……）

湯が顔をぬらした途端、甘い香りが鼻腔をくすぐった。途端にくらりとめまいがして、ジナは思わず目を閉じる。

「ジナ、どうした？」

異変に気がついたのか、ラウルがジナの頬を撫でる。そこでまた甘い香りが強くなると、酒を飲んだ時のように頭がぼんやりとしてくる。

「なんだか、少しクラクラして」

「湯あたりか？」

「いえ、この香りが……」

「香り、もしやバスオイルか？」

ラウルが湯を手ですくい、その香りを確かめる。

途端に、彼の表情がわずかに変わる。

「やはり、フィビオからもらったものを安直に使うべきではなかったかもしれない……」

「オイルは、フィビオ様が？」

「夫婦には裸の付き合いが大事だと言ってこのバスオイルも彼がくれたのだ」

「それ、絶対危ないやつ……では……？」

「事前に身体に塗ったときは何もなかったので油断した……」

「と、とりあえず一度出ませんか？　さすがにこの中にいたら……」

「初夜の二の舞だな。まずは出よう」

慌てて立ち上がろうとするも、ジナの身体はもう既に言うことも聞かない。

むしろ立ち上がろうとしたことで湯が跳ね、バラの香りが強まっていく。

それがなんとも官能的な気分にさせ、ジナの意識を甘くゆがめた。

（まずい、もう手遅れかも……）

そして気がつけば、ラウルのことが欲しくてたまらなくなってしまう。

「ラウル様、私……」

妙なことを口走りそうになり、ジナは慌てて口を手で覆った。

「そんな物欲しそうな声を出されたら、我慢できなくなるだろう」

はしたない言葉はこらえたが、望みは彼に伝わってしまったらしい。

次の瞬間、ラウルが嚙みつくようにジナの首筋に口づける。

「……っ、待っ、ん……」

首筋を軽く吸われると、口から自然と声がこぼれる。

これ以上はまずいと思い「やめて……」と訴えてみるが、残念ながら逆効果だった。

「やめてほしいと、本当に思っているのか……？」

問いかけに、ジナははっと口を閉ざす。

むしろこのまま抱き合いたいと、願う気持ちは隠しきれていない。ルドヴィカに渡された本のせいもあり、ここに来る前から頭の中は淫らな考えで一杯だったのだ。

そして今、目の前には愛する男が飢えた獣のような顔で自分を見ている。

期待をするなと言う方が、無理だった。

「やめないでほしいと言ったら、どうなりますか？」

「そんなこと、わかりきっているだろう」

言うなり、腰を摑まれぐっと身体を持ち上げられる。

「縁(へり)に手をついて、腰を突き出してくれ」

「い、入れるんですか……？」

「擦るだけだ。このましたら、また君を抱き潰しかねない」

今はジナも妙に昂(たかぶ)っているし、それが賢明だろう。

とにかくお互い一度身体を鎮めなければと思い、ジナはバスタブの縁に手をつき、期待に揺れる腰をゆっくりと持ち上げる。

「脚は、痛まないか？」

「大丈夫です」

こんな時でも気遣ってくれる所が好きだと実感しながら、ジナはラウルの手が腰を撫でる感覚に小さく喉を鳴らした。

張り付いたタオル越しではなく直に触れてほしいと、さらにはしたない考えも浮かぶ。

（でも私の背中は綺麗じゃないし、ラウル様を不快にさせてしまうかしら……）

脚だけではなく、ジナは背中にも大きな傷が残っている。

ラウルが腕の良い医者を手配してくれたものの、背中には今も火傷の痕が広範囲に残っているのだ。

それを見せても良いものかと悩んでいると、ラウルの手がタオルの上から背中を優しく撫でた。

「……ぅ、ん……」

どうやらジナは背中が弱いらしく、くすぐるように指を動かされると淡い愉悦が滲み出す。

「直に、口づけても良いか？」

「でも傷が……」

「見られたくないのなら言ってくれ。しかしそうでないのなら、触れさせてほしい」

ラウルに優しく言われると、触れてほしいという気持ちがジナの中で大きくなる。

「この背中が、私を守ってくれたのだな」

感謝を示すように、ラウルの唇が傷の上に優しいキスを落とした。

その数が増える度に胸が震え、ジナは泣きたいような気持ちになる。

既にラウルからは数え切れないほどの謝罪と感謝の言葉を受けてきたし、怪我をしたことを後悔はしなかった。

だがたった一つだけ、心残りだったのはラウルの側を離れなければならない事だった。

仕方がないことだと諦めたつもりだったけれど、こうして口づけをされると本当は彼との別れが辛くて仕方がなかったのだと気づかされる。

「ジナ、君は騎士としても妻としても完璧な女性だ」

ラウルの言葉とキスは、ジナの心を満たしてくれる。思わず涙をこぼすと、彼女はそっとラウルを振り返った。

「ならそれは、あなたのおかげです」

騎士でなくなった自分に、彼は妻という役目をくれた。

それも肩書きだけの妻ではなく、本物のように大事にしてくれている。

「あなたが、いつも私に道を示してくださるの」

こんなにも幸せな事があって良いのかと胸が詰まり、目からはさらに涙がこぼれかけ、ジナは慌てて顔をラウルから背けた。

泣き顔はきっと情けないものだし、彼を好きだという気持ちがありありと浮かんでしまっているだろう。

長年の片思いが培った愛情は重すぎるし、見せれば引かれてしまうかもしれない。そんな思いから顔を伏せていると、ラウルがゆっくりと覆い被さってくる。

「君は、私を喜ばせる天才だな」

ジナの耳元でそっと囁き、ラウルは首筋に口づける。

「過大評価過ぎる気もするが、ジナに褒められるのは嬉しい」

「過大評価ではありません。私にとっては、ラウル様こそ完璧です」

「君が完璧にしてくれるんだ。ジナでなければ、きっとこういうこともできなかっただろう」

他は無理だとラウルは言うが、ジナと触れあうことによって苦手意識が薄れれば、いずれは他の女性とも普通に接することができるようになるのではと思わずにはいられない。

（私が特別なのは、今だけかも……）

そんな気持ちもあるから、愛情を伝えることにもためらうのだろうとジナは気づく。

彼女の取り柄は仕事と剣だけだった。それしかない彼女が妻に選ばれたのはラウルが物理的に側に置ける異性がジナしかいないからだ。

怪我に対する責任感もあるだろうが、どちらにしてもそこに愛情はないに違いない。

（ただ、それでも私は……）

優しく触れてくれる大きな手に、溺れずにはいられない。

「ジナ、君の身体にもっと触れても良いか？」

甘い声に抗（あらが）えるわけもなく、ジナは期待に震えながら頷いた。

背中にキスを落としながら、ラウルが触れたのはささやかな乳房だ。

胸と呼ぶにはあまりに心許（こころもと）ない場所なのに、彼の指は丁寧に胸をなぞり、頂きをそっと摘まむ。

「……あ、そこ……は……ッ」

そのままゆっくりと捏（こ）ねられると、オイルのせいで高ぶった身体がさらなる熱を持つ。

「気持ち良いか？」

「は、はい……あっ、強く、されると……」

「もっといいのか？」

「あぁ、いい……ですッ、あっ……ッ」

胸をなぞり、頂きを舐る指使いが激しさを増すと、ジナの口からは悲鳴にも似た声がこぼれる。

色気のない平らな胸だと自分では思っていたけれど、そこには女の悦びが隠されていた。ラウルの手はジナの悦びを目覚めさえ、頂きを淫らに熟れさせる。

「あ、胸……だけで……」

「いきそうか?」

「いき……そうです。でもッ、っ……いくなら、一緒に……」

彼の方に顔を向けながら、ジナは共にいきたいと視線で訴える。

「そうだな、私も……そろそろ我慢できそうにない」

絡んだ視線は熱情を帯び、危うい輝きを帯びている。

穏やかな彼らしくない妖しい視線にドキッとすると、ラウルの手が胸から腰へと移っていく。

腰をほんの少し持ち上げられたかと思った直後、熱い剛直がジナの花襞をそっとこすりあげた。

「……あっ」

既にこぼれはじめていた蜜を絡めるように、ラウルの先端がゆっくりとジナの襞を擦る。

「少し、脚を閉じられるか?」

「あっ、ッん、こう……ですか?」

「ああ……、とても良くなった……」

挿入こそないものの、ラウルのものに敏感な場所をこすり上げられると、得も言われぬ心地よさが溢れる。

特にラウルの亀頭に花芽を刺激される瞬間はたまらない。

ジナは背を反らしながら喘ぎ声をこぼし、体制が崩れないようバスタブの縁に必死に捕まらなければならなかった。

(擦られているだけなのに……すごく、いい……)

やはりオイルには、心と身体を興奮させる何かが入っていたのだろう。

とはいえジナ自身も、多分快楽に弱いのだ。特に相手がラウルだと思うと否応にも昂ってしまい、二人の腰が打ち合う打擲音だけで興奮してしまう。

「ああ、ジナ……ッ、ジナ……」

その上切ない声で名を呼ばれると、よりたまらない気持ちになる。

誰にも目覚めさせられなかったラウルの快楽を自分が引き出していると思うと、泣きたいほど嬉しかった。

「……ラウル、様……。もっと、ッ、ああ……もっと……!」

悦びはさらなる欲望を呼び、いつしか恥じらいは消える。

激しくしてほしいと訴える声が飛び出し、ジナは自らも腰を揺らし始めた。

自然と動きを合わせ、二人は淫らに性器をこすり合わせる。

「ッ、ああ、いっ……ちゃう……」

「私も、ああッ……、ジナ……！」

「あ、あああッ――――ッ！」

こらえきれない悲鳴を上げ、先に達したのはジナだった。

ほぼ同時にラウルも果て、彼の熱がジナの腹部を汚す。しかし嫌悪感はまったくなかった。

彼が自分の身体で達してくれたのが嬉しくて、ジナはそっと腹部を濡らす白濁を指ですくう。

絶頂によって焼けた思考の奥で、彼女はそれを自分の内側で受け止めたいとぼんやり考えていた。

（やっぱり……、これじゃ足りない……）

性器を合わせる行為は心地よかったが、初夜の時の激しさと心地よさには遠く及ばない。

やはり繋がりたい、もっと激しく求められたいという気持ちが消えず、ジナはラウルへと顔を向ける。

すると彼もまた、ジナをじっと見つめている。その顔からは熱情が消えず、むしろ先ほどよりも妖しい色香が目元には滲んでいる。

お互いにまだ呼吸は整わず、言葉を発することができない。

しかしその瞬間、二人の想いは重なっていた。

ラウルの手がジナの身体を引き寄せ、反転させる。

向かい合わせになった途端に降ってきた荒々しいキスに、ジナもすぐに答える。

その場に膝をつきながら二人はお互いの身体をきつく抱きしめる。

風呂を出なければという考えは消え去り、甘い香りのする湯を散らしながら二人はより激しくお互いを求め合う。

それは初夜の時同様一度や二度では終わらず、結果二人は湯あたりをおこしかけるまで風呂場で情事に耽(ふけ)ったのだった。

フィビオのオイルに当てられて激しい夜を過ごしてしまった翌日。二人は恥ずかしさと気まずさを感じながら朝を迎えていた。

「……お、おはよう、ジナ」

「おはようございます……ラウル様……」

朝食の席に着いた二人は、ぎこちない挨拶を交わす。

給仕をしてくれる使用人たちの生温かい視線に胃を痛めつつ、ジナは黙々と食事をすることで必死に耐えた。

（昨晩は、色々とやらかしてしまった……）

なにせ湯あたり寸前まで風呂場でいたせいで、二人してベッドに運び込まれるという有様である。

駆けつけた医者から『今夜はもう禁止です』と言われたが、そんな体力など残っているわけがない。

そのまま寝落ちし、目が覚めたらもう朝だった。

夢うつつに『興奮剤はもう与えないでください！』と怒られるフィビオとルドヴィカの姿を見た気がするが、言葉をかける余裕ももちろんなかった。

（まあ、はっきり目が覚めていても、あの状況では絶対無視しただろうけど……）

恥ずかしいし、さすがにあの二人はやり過ぎだ。

オイルはもちろん、ルドヴィカから渡された官能小説の内容を考えるに、兄妹がグルになっていたのは間違いない。

（私たちの仲を取り持ちたいのはわかるけど、別の方法はなかったのかしら……）

もう少し激しくないもの、例えばデートでも企画してくれた方が良かったのにと考えたところで、ジナはふと気づく。

（でも、そういうことは自分で誘うべきかしら）

良好な夫婦生活を築きたいというラウルの言葉は本心だろうし、ならばジナの方も夫婦らしい提案をすべきかもしれない。

一緒にお風呂に入るのが夫婦生活のひとつなら、デートだってきっと受け入れてくれるだろう。

女性が苦手なせいで公務以外では外に出ないラウルだけれど、人のいない場所ならきっと問題ないはずだ。

早速誘ってみようとジナは決めるが、タイミング悪くそこで使用人たちが出て行く。

二人きりになると途端に気まずさが増して、奮い立たせた勇気がしぼんでいく。

騎士らしからぬ気弱な自分に肩を落としていると、そこでラウルが口を開いた。

「……昨晩は、すまなかった」

激しくしすぎたせいでジナが気分を害したとでも思っているのだろう。ラウルの顔には、かなりの焦りが見える。

「い、いえ！　私も……はしたないまねを！」

「ジナは、はしたなくない。むしろ、求めてくれるのは嬉しかった」

すごく嬉しかったのだと、ラウルは言葉を重ねる。

彼の言葉は嘘ではないと気づき、ジナは小さく微笑みながら顔を上げる。

「わ、私も、ラウル様に求めて頂けると嬉しい……です……」

「そ、そうか……」

お互い照れくささは残っているものの、不思議と言いたいことは伝わった。

それにお互いほっとしすぎて、再び沈黙が戻る。しかし先ほどとは違い気まずさはない。

ようやく食べ物の味もわかるようになり、そこからは何気ない会話をしながら穏やかに時間は過ぎた。

食後の紅茶を口にする頃にはお互い落ち着き、自然と言葉と視線を交わせるまでになる。

（なんだか、こういう時間もいいな……）

今までもラウルと食事をしたことはあったけれど、護衛という立場もありジナは常に緊張していた。

いざというときはすぐに動けるようにと神経を研ぎ澄まし、粗相をしないように気を張り詰めていた気がする。

でも今は、酷く穏やかな気持ちでラウルと向き合えていた。

ラウルもまた同じようで、家族にしか見せなかった柔らかな笑みをジナに向けてくれている。

今なら先ほどの提案もできる気がして、ジナは自らを奮い立たせた。

「あ、あの、もしよければ――」

「失礼致します‼」

勇気を振り絞ったのに、ジナの言葉はベルナルドの声と扉が勢いよく開く音にかき消される。

入室許可を待たずに入ってくる彼に驚くが、たぶん火急の知らせなのだろう。普段はあまり動じないベルナルドの顔には、珍しく焦りさえ浮かんでいる。

「何があった、まさか例の件か？」

席から立ち上がったラウルの表情も、いつになく険しい。そこに僅かな恐怖さえ浮かんでいる気がして、ジナは夫の顔を思わず見つめる。

(例の件って、いったい何かしら……？)

尋ねたかったが、今は口を挟める雰囲気ではない。仕方なく様子を窺っていると、ベルナルドが早足でラウルに近づく。

なんだか嫌な予感を覚えてジナも席を立つと、ベルナルドがラウルに何かを耳打ちした。

「まさか――」

途端にラウルの顔が真っ青になり、そして次の瞬間彼の身体がふらりとかたむく。

「ラウル様⁉」

悲鳴を上げながら、倒れかけたラウルの脇に咄嗟に腕を入れる。ラウルも踏みとどまったので倒れることは免れたが、彼の顔には絶望が浮かんでいる。

「先生、ラウル様にいったい何を言ったんですか⁉」

「緊急事態をお伝えしただけですよ」

まさかこんな事になるとは、ベルナルドも思っていなかったのだろう。

彼は焦りながら、ジナと協力してラウルをソファに座らせる。

そこでラウルは頭を抱え、がっくりとうなだれた。

これでは喋(しゃべ)る余裕もなさそうだと気づき、ジナは再度ベルナルドに目を向ける。

「それで、ラウル様をここまで怯えさせる緊急事態というのは？」

「嵐が来るのです」

「あ、嵐……？」

「ラウル様の天敵、アマンダお婆様です」

第四章

その『嵐』が到来したのは、火急の知らせがもたらされた半日後のことであった。

ラウルはなんとか回復したが、ここからが地獄の始まりだ。

(ラウル様、どうか生きてくださいませ……)

青ざめた顔で玄関ロビーへと向かう夫に付き添いながら、ジナは祈る。

けれど多分、ラウルが無事今日を乗り切ることはないだろう。

なにせ『嵐』――ことアマンダお婆様は、ラウルの最も苦手な女性なのだ。

アマンダはラウルの祖母。ルドヴィカとフィビオの曾祖母(そうそぼ)にあたる人物だ。

今年で八十になるアマンダは、あの流行病さえもねじ伏せた健康な身体を持ち、今なお杖もなくシャキシャキと歩く元気な老婆である。

老いを理由にずいぶん前に隠居し、現在は大陸の南方にある島国『ハイナ』で年若い後夫と共に暮らしている。

気立てが良くて優しいのだが、長寿故に認知能力に衰えがあるのが欠点だった。

普段は考え方もしゃべり方もはっきりしているのだが、どういうわけかラウルのことを亡くなった夫と重ねてしまう瞬間がある。

程なくすれば間違いに気づくのだが、会った瞬間は必ずラウルを夫と間違える。

そしてアマンダは、亡くなった夫を深く愛していた。故にスキンシップが過剰だった。

ラウルを見るなり抱きつき、「ああ、愛しのグイド！」とキスしたことは数知れず。

更にそれを拒むと「なぜ私を拒むの」と泣きだし、その姿はあまりに痛ましい。

優しいラウルは祖母を悲しませたくないからと必死に耐えていたが、それも数が重なれば限界は来る。

結果無理がたたり、女性嫌いがだいぶよくなった今も、彼女にだけは触れられなくなった。むしろ他のどの女性よりも、苦手だと言っても過言ではない。

それをアマンダ自身も気づいていたから、再婚を機に夫の祖国であるハイナへと移住したのである。

以来アマンダは必要な催事以外は基本的に帰ってこない。ラウルの姉が亡くなった時は一度だけ顔を見せたものの、王の代理となった多忙な孫に負担をかけないようにすぐ国に帰ったのだ。そこで彼女も流行病にかかったため、帰国の頻度はかなり下がった。

おかげで普段は程よい距離感を取れていたが、近年アマンダの認知能力は更に衰え始めている。

そのせいで本当に希にだが、アマンダはラウルの事情を全て忘れてしまうときがあるのだ。

そして「突然家族に会いたくなった」と言い、彼女はふらりと城にやってくる。

身体だけは健康なので、アマンダは思い立ったらすぐに行動してしまう。故に付き添いもなく、突然、「来ちゃった‼」と笑顔で現れ周囲を驚かせる。

ラウルに限っていえば、驚きを通り越して過呼吸に陥り、その姿を見てようやくアマンダが「あらやだ！」と我に返るというのがお約束となっている。

今回は事前にアマンダの後夫が気づいて連絡を入れてくれたから良いものの、前回祖母が突然来た時は、三日ほど寝込んでいた。

「今日は……今日はきっと大丈夫だ……」

アマンダの来訪に備え、先ほどからぶつぶつ独り言をこぼしているラウルを、ジナはそっと窺う。

倒れるくらいなら会わないと言う選択肢もあるのだが、ラウルの顔を見ることがアマンダが自分を取り戻すきっかけになっているためそうもいかない。きっかけを失った結果、認知力が更に低下したこともあり、以来倒れるのを覚悟でラウルは祖母を出迎えると決めている。

「アマンダ様のご到着です！」

城に響く知らせに、ラウルがぐっと顔を強ばらせる。

いつ倒れてもいいようにと、ベルナルドやヤコフなど騎士たちが臨戦態勢を取る。

同じく出迎えに来たルドヴィカとフィビオも、心配そうに叔父を見つめていた。

「……ジナ」

そのとき、とても小さな声でラウルがジナを呼んだ。

「もしかして、もう倒れそうですか？」

「いや、ただ少しの間だけ、手を握ってもらっても良いだろうか……」

「もちろんです！」

慌ててラウルの手を取ると、緊張のせいか彼の指先は驚くほど冷たかった。

心配になって、ジナは冷え切った手を優しく撫でる。すると強ばっていたラウルの表情が、柔らかくほぐれた。

「ああ。やはり本物は違うな」

「本物、というのは……？」

「実を言うと、アマンダお婆様を待ち受けるたびに、いつもある妄想をしていたんだ」

ラウルはそっと繋いだ手を持ち上げ、嬉しそうに目を細める。

「君と、こうして手を繋ぐ妄想をな」

「な、なぜそんな妄想を？」

「たぶん、一人で立っているのが怖かったからだ。そして誰かに、こうして勇気づけてもらいたかった」

「でも、それが私で良かったのですか？」

「君が良かったんだ。他の誰でもなく、君が良かった」

大事なことだと言いたげに、ラウルは繰り返す。

彼の眼差しはどこか甘くて、ジナは驚きに息を詰まらせた。

そのとき、入り口の扉が勢いよく開いた。

嵐がやってきたのだと身構えれば、ラウルがぐっと繋いだ手に力を込めてからゆっくりと手を放す。

次の瞬間、ラウルの身体に黒い影が激突する。

なんとか踏みとどまった彼の胸にしがみついているのは、長い白髪を品良くまとめ上げた老婆――アマンダだった。

「ああっ、会いたかったわグイド‼」

うっとりした顔で、アマンダはラウルの胸板に頬ずりしている。

「もうっ、いったいどこへ行っていたの？　あたくし、あなたがいなくて寂しかったのよ！　さあさあさあ、あなたの可愛い天使ちゃんにキスをしてちょうだい‼」

元々元気の良いアマンダだが、今日はいつもの三割増しで飛ばしている。いつになくグイグイ来る彼女を見て、フィビオとルドヴィカが慌てて二人を引き剝がそうと腕を伸ばす。

「大丈夫だ、任せてくれ」

しかし普段は悲鳴を上げるラウルが、今日は持ちこたえていた。彼は大きく息を吸い、自らの手でそっとアマンダの身体を引き剝がす。

「お婆様……、私はグイドではなくラウルです」

声は震えていたが、いつもは何も言えないラウルが言葉を返している。

それに周囲が驚く中、誰よりも驚いた顔をしていたのはアマンダだった。

「あらいやだ‼　確かにグイドの胸筋は、こんなにも逞しくなかったわ！」

ラウルから腕をはなし、そこでアマンダはきょろきょろと周囲を見回す。

「それにここは、どこかしら？　私、さっきまで孫の結婚祝いを選んでいたはずなのだけれど……」

何かがおかしいと首をひねり、そこでアマンダの目がジナにとまる。

次の瞬間、彼女は八十才とは思えぬ健脚で、すぐ側にあった柱の陰まで後ずさった。

「どうしましょう！　私ったら、またやってしまったのね！」

恥ずかしそうにもじもじするアマンダを見て、フィビオとルドヴィカが驚きの声を上げる。

「お婆様が正気に返った！」

「すごいわ！　叔父様もピンピンしてる！」

曾孫たちの言葉に、アマンダも驚いた顔でラウルを見ている。

「抱きついてしまったけれど、あなた大丈夫なの？」

「ええ、今日は大丈夫そうです」

「もしかして、女嫌いが完全に直ったの⁉」

「直ってはいませんが、今は支えてくれる妻がおりますので」

ラウルが、おいでと言うようにジナに手を伸ばす。

その手を取ったあと、ジナは改めてアマンダの前で膝を折った。

「ご挨拶が遅れて申し訳ございません。お久しぶりです、アマンダ様」

「まあ、ジナさん！　こちらこそ、結婚のお祝いが遅れてごめんなさいね！」

言うなり、今度はジナをアマンダは抱きしめようとする。

「それにしても、ジナさんはずいぶんと装いが代わったわね‼　前々から綺麗な子だと思っていたけど、すっかり垢抜けて！」

我に返ったとは言え、アマンダの勢いは相変わらずすごい。

そしてこういう所はルドヴィカに似ているなと思っていると、彼女もそこで「服は私が見立てたの！」と会話に加わってくる。

さらに「いや、綺麗にしたのは叔父上だ」と割って入ったフィビオと共に、ルドヴィカがアマンダに身を寄せる。

その際、彼女はそっとジナに目配せする。

（これは、ラウル様を逃がせって合図ね）

今のところラウルは問題なさそうだが、それでもいきなり長時間の対面はきついだろう。

それを察して、ラウルを部屋に戻すようにとルドヴィカたちは訴えていた。

二人の気遣いに感謝しながら、ジナがアマンダたちに部屋に戻ると伝えると、ジナはラウルの腕を引いて歩き出した。

ラウルが倒れると思ったのか見かねたヤコフが近づいてきたが、問題ないとジナは笑う。

途端にものすごく不機嫌そうな顔をされたが、人が多いとラウルはあまり弱った姿を見せられなくなる。

「ここはジナに任せましょう」

ベルナルドが間に入ってくれたこともあり、ヤコフはもちろん他の騎士も今はついてこなかった。

それにほっとしつつ寝室に戻ると、ジナはラウルをソファに座らせる。

「少し休まれますか？　それか何か飲み物を持ってきましょうか？」

ラウルに尋ねると彼は静かに首を横に振った。

「いや、君がいてくれればそれでいい」

そう言うと、ラウルはジナを手招く。

普段なら恥じらいを感じるところだが、彼の様子を確認したくてジナはすぐさま隣に腰を下ろした。

ラウルの顔を見つめ異常がないかと確認していると、彼が小さく吹き出す。

「そんなに真剣に見つめられると少し照れるな」

「だって、何かあったらと心配で」

「今日は大丈夫だ」

「アマンダ様に会った直後なのに？」

「自分でも驚いているがなんともない」

むしろ会う前の方が緊張で胃が痛かったくらいだとラウルは笑う。

その表情には陰りがなく、顔色も今はとてもよく見える。

「君のおかげだな」

「私は何もしていません」

「手を握ってくれただろう」

「それだけです」

「それだけが、私にとっては重要なんだ」

言うなり手を取られ、優しく指を絡められる。そのままぎゅっと握りしめられると、なんだか気恥ずかしい。

「い、今は必要ないのでは？」

「必要ないと、繋いではいけないのか？」

手の甲を親指でくすぐりながら、ラウルがじっとジナを見つめてくる。

「それに昔は、もっと気恥ずかしいことをしてくれただろう」

そんな言葉と共に、ラウルが見つめたのはジナの膝だった。

「昔、アマンダお婆様の熱烈なキスで倒れた時、君が優しく介抱してくれたことがあっただろう」

「そういえば、膝を貸したことがありましたね」

確かあれは、まだラウルがジナを男性だと思っていた頃だ。

当時は今よりも女性への反応が過剰で、アマンダのみならず女性と接触したあとに過呼吸になり、倒れてしまうことがあったのだ。

「でもきっと、もう私の膝は必要ありませんね」

今日のラウルは弱っている気配があまりない。だからきっと、そのうち手を繋ぐ必要さえなくなるに違いない。

そのことにわずかな寂しさを覚えた直後、ラウルの眼差しが更に甘さを増した。

「必要なければ、もう貸してくれないのか？」

視線の甘さに酔わされそうになりながら、ジナは緊張をごまかすためにピンと背筋を伸ばした。

「い、いいえ、ラウル様がなさりたいなら……私は別に……」

「言質は取ったぞ?」

許可が出るなり、ラウルが身体を傾ける。

そして彼はジナの膝に頭を乗せ、ごろりとソファに寝転がる。

「い、今ですか!?」

「嫌か?」

「い、いいえ、嫌ではないです……」

真下から見つめられ、ジナは慌てて首を横に振る。

「なんだか、こうして君の膝を借りるのもずいぶん久しぶりだな」

最初は緊張したものの、ラウルの言葉にジナも懐かしい気持ちになる。

ラウルの護衛になって以来、倒れた彼を支え、介抱するのはいつもジナの役目だった。

そしてある時偶然ジナの膝の上にラウルが倒れ込んで以来、「この態勢が一番落ち着くから」と膝枕を求めるようになったのである。

最初は照れたりもしたが、ラウルが楽になるならとジナは彼に膝を貸してきた。

(恥ずかしいけど、ラウル様を介抱するのは好きだったのよね)

彼が身を委ねるのはジナだけだった。それが嬉しくて、望まれるまま自分の膝を貸した。

でも一方で、こうするたびにジナはほんの少し切ない気持ちにもなった。

護衛であるジナは、緊急時以外は彼の肌に触れることを許されていない。それは心得であってラウルには触れてもいいと言われたけれど、一度触れたらもっと彼を好きになってしまう予感があったのだ。

だから彼に膝を貸す時も、彼の顔に彼女は手を触れなかった。

自分で決めたこととはいえ、手が届く距離にいるのに触れられないのはもどかしかった。

(……でも、今なら許されるかしら?)

もう夫婦なのだし、もっと激しいふれ合いだってしている。

なのにためらう自分を少しおかしく思いながら、ジナはそっとラウルの頭に手を置いてみた。

「少し、甘えても良いか?」

「えっ?」

「子供のように、頭を撫でてほしいと言ったら君は困るだろうか」

ラウルがジナを窺いながら尋ねる。

まさか彼の方から望まれるとは思わず驚くが、触れていいならそうしたいとジナは思ってしまう。

「こ、こうですか……？」

ラウルの髪にそっと指を差し入れ、おずおずと頭を撫でる。

すると彼は、いつになく穏やかな顔になる。

（求めて下さっているなら、もっと触れてもいいのよね……）

そのまま柔らかな髪と頭を撫でていると、ラウルがゆっくりと目を閉じた。

（ずっと、こうしてみたかった……）

「ずっと、こうされたかった」

ラウルからこぼれた言葉にジナはハッと息を呑む。一瞬、自分の願いが見透かされたのかと思ったのだ。

彼は静かに微笑み、そこでもう一度目を開ける。

「夢が、叶ったな……」

「夢……？」

「倒れる度君は優しくしてくれたが、本当は少し物足りなかった……。そして叶うなら、その手で撫でてくれないものかとずっと考えていたのだ」

そう言うと、ラウルがジナに甘い微笑みを向ける。

「こうして撫でられたり、頬に触れてくれないかと何度も思ったよ」

「ほ、本当にそのようなことを？　相手は私ですよ？」

「君だから触れて欲しかった。ベルナルドやヤコフには、膝枕だって頼まないだろう」

ラウルの言葉が嬉しくて、胸の奥からジワジワと喜びがこみ上げてくる。

それが必要以上に顔に出ないよう気をつけながら、ジナはそっとラウルの頬に触れた。

「君の撫で方は、想像よりもずっと優しいな」

「なら、良かったです」

「こんなに心地よいなら、もっと早く頼めばよかった。今はもう平気だが、君と出会った頃は色々とつらい日もあったからな……」

何か嫌なことを思い出したのか、ラウルの眉間のしわが深まる。

再び額に汗が滲み始め、ジナは慌てて手を止めた。

「そのままでいてくれ……」

「しかしお加減が悪いのでは？」

「ただ、少し嫌なことを思い出しただけだ」

わずかに目を開け、ラウルがそっと引き寄せたジナの手に唇を寄せる。

「むしろ君が触れてくれたおかげで、この程度で済んでいるのだと思う……。昔を……自分がおかしくなったきっかけを思い出すと、普段はもっと、辛い気持ちになるからな……」

「もしかして、思い出してしまったのは幼い頃の？」

「……いい加減忘れなければと、思っているのだがな」

ラウルの声には嘲りが滲み、こぼれた笑みはまるで自分自身を嘲笑しているようだった。

（そんなこと、思う必要なんてないのに……）

ラウルの身に起きた事は、ジナも聞いている。

幼い子供にとっては恐怖だったろうし、むしろそれを克服しようと努力したからこそ彼の状態は悪化したのだ。

そして過去に苦しみ、自分を恥じながらも、彼は家族と国のために尽くしてきた。

またアマンダのことも、彼は決して拒まなかった。

彼の状態が完全に良くならないのは、そうして無理を続けてきた結果だろう。だから今はあまり思い悩まず、むしろ自分を労って欲しかった。

「恐ろしい記憶というのは、そう簡単には消えないもの。ですから、ご自分を責めたり卑下してはいけません」

「だが、あれはもうずいぶんと前のことだ」

「月日の長さは関係ありません。だからお辛い時はお辛いと仰って下さい。私にできることは何でもしますから」

ラウルの頬や頭をそっと撫でると、硬くなっていた表情がゆっくりとほぐれ始める。

「……なら、もう少し、このままでいても構わないか……？」

「ええ、お好きなだけ」

「好きなだけと言われると、永遠にこうしていたくなる」

「さすがに、いつか飽きてしまうのでは？」

「飽きるわけがない……。ずっとこうされたかったと、言っただろう」

そんな言葉と共に、ラウルの身体からゆっくりと力が抜けていく。

「それに、もし叶うならキスをしてほしい」

「キ……!?」

「もう結婚したのだし、少し我が儘になっても構わないだろう？」

そう言うと、彼は口づけを待つように目を閉じる。

緊張する反面、何でもするといった手前引くこともできない。

それに穏やかな表情を見ていると、ジナ自身もその唇に触れたいと思ってしまう。

意を決し、ジナはそっと前屈(まえかが)みになる。

（軽く、軽く触れるだけ……）

邪魔にならないよう髪を耳にかけ、ジナは意を決して身体を倒した。

そしてそっと、唇のあたりに口づけを落とす。

「……ジナ、そこは唇ではなく鼻だ」

「ご、ごごごご、ごめんなさい‼」

慌てふためくジナを、ラウルが笑う。

「唇はここだ」

次の瞬間、ラウルはわずかに身体を起こし、唇を奪った。

優しいキスは三度ほど繰り返しながら、彼は再びジナの膝の上にポスンと頭を乗せる。

「次は、正しい場所に頼む」

「つ、次……⁉」

「君から、キスをして欲しい」

笑顔で見上げてくるラウルに、ジナは真っ赤になる。

そのままガチガチに固まっていると、再び笑われる。

「だがひとまず今は膝枕で我慢しよう」

でも……とラウルが手を伸ばし、ジナの唇に触れた。

「次は、してくれると嬉しい」

笑顔で言い切られると、ジナは嫌とは言えない。

「ぜ、善処します」

なんとか声を絞り出せば、ラウルが声を上げて笑う。

ちょっとムッとしながらも、幸せそうな彼の顔を見ていると怒れない。

それにジナも、段々とこの状況に幸せを感じ始めている。

（キスは恥ずかしいけど、ラウル様に甘えられるのはすごく嬉しい……）

ニヤけそうなってしまうのを堪え、ジナは慌てて顔を上げる。

そんな彼女の唇に、ラウルがもう一度触れてくる。からかうような指先に、一瞬官能的な気持ちがよぎる。

（いや、こんな時に何を考えているのよ……！）

はしたない考えを必死で振り払っていると、不意にラウルが「そういえば……」と口を開く。

「せっかくなら今夜はアマンダお婆様と食事をしようと思うのだが、君も付き添ってくれるか？」

「もちろんです。でもお身体は大丈夫ですか？」

「先ほどの猛烈なハグに耐えられたのだから、問題ないだろう。それにお婆様には、色々と気苦労をかけてしまったから、改めて謝りたい」

「なら早速食事の席を設けましょう。さっそくルドヴィカあたりと相談に――」

「いや、もう少しだけこうしていよう」

立ち上がろうとしたが、ラウルは退く気配がない。それどころか押さえ込むように頭に力を入れている。

「そのうち人が来るから、それまでこうしていたい」

ねだるような声はいつもよりほんの少し子供っぽくて、ジナは浮かせかけた腰を下ろした。

「あと、もう少し頭もなでてほしい」

甘えられると心臓がドキドキしたけれど、ラウルが望むならばとジナは必死に冷静さを保つ。

（それにドキドキするけど、こうして過ごすのはやっぱりいいな……）

端から見ればとても奇妙な格好だけれど、彼と見つめ合い、触れあうのはとても良い気分だった。

その後、二人の様子を見に来たルドヴィカに茶化（ちゃか）されるまで、この穏やかな時間は続いたのだった。

その夜――、ジナとラウルはアマンダやルドヴィカたちと共に夕食を取ることになった。
「こうして家族で同じ食卓に着くのは、久しぶりね！」
はしゃぐアマンダの声に、ラウルが苦笑を浮かべる。
「私のせいで、こうした場を設けられず本当に申し訳ありません」

「いえ、元を正せば私のせいだもの。それより、気分は悪くなっていないかしら」

「妻が側におりますから、大丈夫です」

そう言って、ラウルは繋いだままの手を持ち上げ、ジナの指先に口づけを落とす。

確かに彼の様子は安定している。今まではならアマンダと目が合っただけで息を乱し、彼女の声を聞くだけで倒れていたのに、動揺もあまりないようだった。

むしろこの状況に、ジナの方が心を乱している気がする。

「もしも倒れそうになったら、彼女が私を抱きしめ支えてくれるでしょう」

ジナの手の甲に唇を押し当てながら、ラウルが向けてくる上目遣いはなんとも言えず甘くて、つい悲鳴を上げそうになる。

そんなやりとりを見て、アマンダは幸せそうに微笑んだ。

「まあ、ラウルも王家の男らしくなったわねぇ。我が家に生まれた男は、例外なく妻に甘いのよ」

自分の父や息子もそうだったと、アマンダは懐かしそうに語る。

「フィビオも、きっといずれこうなるわ」

「僕にはまだ結婚は早いですよ」

「でも早いほうが良いわよ。王家の男は、恋を成就させると大成すると言われていますからね」

昔から恋愛結婚をした男は例外なく幸せになるのだと、アマンダは笑う。

「なら、本気で探してみようかな」

「でもお兄様は女性の趣味が悪いから心配だわ」

「それを言うなら、お前だって大概じゃないか」

などと言い争う兄妹に笑いながらも、ジナの表情がそこで僅かに陰る。

（アマンダ様の言葉が本当なら、ラウル様の相手は私で良かったのかしら……）

段々と夫婦らしくなってきているものの、二人の結婚は恋愛から発展したものではない。

（私はラウル様が好きだけれど、彼が結婚を決めたのは別の理由だし……）

そこでちらりとラウルを窺えば、彼の視線がジナに注がれる。

「ん？」

「い、いえっ！　何でもありません！」

動揺のあまり、騎士の頃のように背筋を伸ばしてしまう。

それにラウルたちがおかしそうに笑った。

「ジナさんは、王家の女になるまでもう少しね。我が家では、妻は夫に可愛く甘えるものよ？」

「か、可愛く……というのは自分には難しいかと。そもそも、可愛げがないですし」

「あら、あなたは十分可愛いわよ」

「ですがその、この通り騎士の頃のクセも抜けず……」

「私は、そこが可愛いと思っているが」

不意打ちのようにラウルが言い、ジナの顔が真っ赤になる。

「それに凜々しい君だから、私は側にいられた。頼りない私を支えてくれる強さにも、助けられている」

「も、もうそれくらいで……」

「あと、褒めると赤くなるところも可愛い」

止まらない賛辞にアタフタするジナを見て、アマンダが満足そうに微笑む。

「王家の男はこの有様ですから、嫌でも可愛くなるものですよ。外から来た私の夫さえ、皆がこの有様だからどんどん甘くなったのよ」

そこで懐かしそうに、アマンダは目を細める。

「グイドの褒め言葉はそれはもう素敵でね。もちろん今の夫も本当に素晴らしいけれど、糖度の高さはすごかったわぁ」

そう言うなり、アマンダは二人の夫との甘いやりとりを話し始める。

「こうなると、お婆様の話は長いわよ」

隣に座るルドヴィカが苦笑しながら耳打ちしてくるが、ジナは少女のような顔で夫との馴れ初めを話し出すアマンダを可愛らしいなと思う。

それはラウルも同じようで、彼もまた微笑ましい顔でアマンダを見つめている。

その表情は最後まで陰ることはなく、食事を終えるまで息を乱すこともなかった。

「ラウル。突然来てしまったのに、食事にまで付き合ってくれて本当にありがとう」

食事を終えると、アマンダがラウルにそっと手を伸ばす。

「こちらこそ、こうした時間をなかなか作れず申し訳ありませんでした」

「いいのよ！　あなたさえよければ、またこうして食事をしましょう」

アマンダの言葉に、ラウルがその手を持ち上げそっと指先に口づける。

「ええ、是非」

ラウルの表情はいつになく幸せそうで、側で見守っていたジナもほっとする。

そのまま無事食事会は終わり、ジナはラウルと共に部屋に戻ることになった。

しかし食堂を出てそのまま部屋に戻ろうとしたところで、彼が不意に立ち止まる。

もしかして気分が悪くなったのかと身構えるが、ジナを見つめるラウルの表情はむしろいつもよりはつらつとしているように思う。

「ジナ、少し二人で庭を歩かないか？」

「今ですか？」

「ああ、二人きりで」

そう言うと、ラウルは側に控えていた騎士たちに目を向ける。

側に控えていたベルナルドがためらう表情を見せたが、「少しだけだ」とラウルが続ければ彼はうなずく。

「なら何か飲み物でも取ってきましょう」

「ああ、頼む」

引き下がったベルナルドを見送ると、ラウルは回廊から庭園へと出る。

ラウルが向かったのは、彼が散歩中によく立ち寄る噴水だ。

その縁に腰掛けた彼に手招かれ、ジナは隣に座ろうとする。

「いや、君の場所はここだ」

言うなり手を引かれ、倒れ込むようにラウルの膝の上に座らされる。

「な、何を……？」

「食事の席での君があまりに可愛いから、こうして側で触れたかった」

「で、でもこの距離は近すぎます……！」

「まだ遠すぎるくらいだ」

言葉と共に、腰をぐっと抱き寄せられる。

膝の上に座っているせいで視線が高くなり、普段は見上げる夫の顔がすぐ側に迫ると、ジナの拍動が乱れた。

目が合うと、彼が好きだという気持ちが胸の奥からあふれ出す。

（私、今まではどうやってラウル様を前に平然としていられたんだろう）

好意はあったが、それがこんなにもあふれたことはなかった。目が合っただけで息が詰まったり、指先が震えそうになることだってなかったのだ。

でも今は、ジナの全身がラウルを好きだと訴えている。それを抑え込むのは容易いことではない。

「ジナ、次は君からキスをしてくれる約束だ」

その上ラウルは、甘い声でそんなことをいうのだ。

「つ、次というのは……別の日ということかと……」

「次は次だろう。それに、私は今すぐ君のキスが欲しい」

そんな目で訴えられると、嫌だなんて言えるわけがない。

（どうしよう、私も今すぐラウル様とキスがしたいって思ってるみたい……）

それ以上のこともしたいとはしたなく疼く身体に戸惑いながら、ジナはおずおずとラウルの肩に手を置いた。

ジナが覚悟を決めたと気づいたのか、ラウルがゆっくりと目を閉じる。

（あなたが、好き）

言葉にできない気持ちを胸の中で囁いて、ジナはそっと唇を寄せる。

だが唇が重なる直前、ジナの身体がぐっと強ばった。

甘い気持ちが霧散し、何かを警戒するようにジナの意識が研ぎ澄まされる。

無意識の反応に戸惑った直後、その理由にようやく気づく、

（誰かに、見られてる……？）

それも向けられた視線からは悪意と、僅かな殺気さえ感じられた。

側の杖に思わず手を伸ばしたが、次の瞬間にはもう視線は消えていた。

「……ジナ？」

身じろいだジナに気づいたのか、ラウルが薄く目を開ける。

「ラウル様、今──」

「お待たせしました！」

視線の件を話そうとした時、やってきたのはベルナルドだった。

声に気づき、ラウルがわかりやすく落ち込む。

「もしかして、お邪魔でしたか？」

「わかっていて、邪魔したのか……？」

「とんでもありません。飲み物を持ってくると言ったでしょう？」

ベルナルドの顔にはからかいの色があり、ジナは今更のようにラウルの膝の上から飛び下りた。

「ジナまで逃げてしまったじゃないか」

不満げな顔で、ラウルがベルナルドから飲み物の入ったコップを受け取る。

「だったらそれ、口移しで飲ませてもらったらいかがです？」

「ああ、その手があったか」

「ちょ、ちょっと、二人とも冗談はやめてください！」

「冗談ではなく、割と本気だぞ」

そう言ってコップを差し出してくるラウルに、ジナは慌てて首を振る。

「こ、こんなところで、しませんよ」

「こんなところでなければいいのか？」

答えられずに真っ赤になっていると、ラウルが笑いながらジナの頭を撫でる。

「今のは冗談だから、そんな可愛い顔で慌てるな」

「か、からかわないでください……」

「恥ずかしがる君が可愛すぎるから、ついな」

「な、なんだか、今日のラウル様は意地悪です」

「すまない。常に紳士でありたいのだが、君の可愛い顔が見たいあまり大人げない態度を取ってしまう」

指先でジナの頬をつつきながら、ラウルが笑みを深める。

甘い表情に胸を詰まらせていると、そこで突然ベルナルドがわざとらしい咳払いをした。

「いちゃつくならお部屋に帰ってからにしてください。外に長居すると、ヤコフが鬼の形相ですっ飛んできますよ」

「そうだな、続きは部屋に帰ってからにしよう」

ラウルは立ち上がると、そこでジナの頬を妖しく撫でる。

口調は甘く、向けられた瞳は艶を帯びている。

「だから、続きは帰ってからにして下さい」

ベルナルドの言葉にはっと我に返り、ジナは慌てて杖を握る。

「ジナ、少しいいですか……」

そのとき、いつになく真面目な声でベルナルドがジナを呼んだ。

「二人きりの時、何かおかしな事がありませんでした？」

問いかけに、ジナは先ほどの視線を思い出す。そのことを言おうかと思ったが、そこでベルナルドが「いえ、やっぱりいいです」と首を横に振った。

「ふたりのあれこれを詮索するのは、野暮（やぼ）ってものでしたね」

「お、おかしな事って、そういう……⁉」

「ラウル様は性欲に目覚めたばかりですし、とんでもないことをしでかさないかと少し心配だったんです。だからもし、変態的なことを強要されたら言うんですよ」

「変態的なことなどするわけがないだろう！　あなたと一緒にしないでくれ！」

話が聞こえてきたのか、ラウルが呆れ果てた顔で振り返る。

「一緒にするなって、僕ほど健全な男が他にいます？」

「尻への愛が深すぎて、妻に離婚された男の台詞じゃないだろう」

聞き覚えのない話に、ジナは間の抜けた顔で固まる。

「し、尻……？　それに先生、結婚してたんですか⁉」

「知らなかったのか？　ベルナルドは、拗れた性癖のせいでたった一週間で離婚を切り出されたんだ」

「まあ、元々乗り気はしなかったんですよ。妻の臀部の形が、どうにも僕好みじゃなくて」

「それにしても、一週間は早すぎるだろう」

「僕だってそう思いましたよ。でも適切な臀部に育てたいと熱弁したら三日目には妻が出て行ってしまって」

そのまま二度と帰ってこなかったと語るベルナルドの顔には「どうしてだろう」という疑問がありありと浮かんでいる。

（いや、どう考えても原因は先生でしょう……）

きっとものすごく、変態的な行為に及ぼうとしたに違いない。

（むしろ本人が変態だから、ラウル様もそういうことをするって思ったに違いないわ）

敬愛してきた騎士のとんでもない情報を、正直知りたくなかったと思うジナである。

「私はお前とは違うから、無駄な心配はするな」

「では、臀部を愛しすぎたりはしていないと？」

「私は特定の部位を溺愛するような男ではない」

「でも強いて言うなら？」

「言わせようとするな」

「臀部だったら育て方を教えようと思ったんですが、残念です」

育て方とは何だとジナは思うが、そこで、ラウルの表情が呆れた顔になる。

「別に、ジナは今のままで十分だろう」

「でも、育つなら育てたいのが男のさがでしょう。それにジナだってラウル様が好む部位を鍛えるのはやぶさかではないでしょう？」

「ええまあ、身体を鍛えるのは得意ですし」

どこをどう鍛えるべきなのかはわからないが、ラウルが望む身体があるのならそれに近づけたいと、ジナは真面目に考え込む。

そんな様子に気づき、ラウルがベルナルドに非難の目を向ける。

「ジナが本気で身体を育てると言い出したらどうする」

「良いことじゃないですか」

「彼女は何事も本気を出す子だぞ。これ以上魅力的になったら私の心臓がもたない！」

などとこそこそ会話している二人にも気づかず、ラウルの予想通りジナは肉体の育成について本気で考え始めていた。

（ああ、本当にどうしてこうなったのだ……）

部屋に運び込まれる運動器具を見ながら、ラウルは一人頭を抱えていた。

巨大な鉄亜鈴（てつあれい）を置いた執事が微妙な顔のまま帰っていくと、ジナが嬉々（きき）としてそれを持ち上げた。

「これだけあれば、身体のどんな場所でも鍛えられますね」

「ああ、そうだな……」

明らかに、ジナは何か思い違いをしている。

そこが可愛いが、どう指摘したものかとラウルは悩む。

（とりあえず、あの鉄亜鈴を振り回すようなことはやめさせよう）

傷は治ったとは言え、彼女の身体は昔とは違う。特に脚は負荷をかければ痛むこともあるだろう。

器具を前に何か思案しているジナに近づき、ラウルは背後から彼女をそっと抱きしめる。

「ジナ、やはりそれを使うのはやめよう」

「でも、夫の理想に近づくように鍛錬するのも妻の仕事では？」

「心意気は嬉しいが、私の理想はもう既に目の前にある」

ラウルの言葉に、ジナの耳が赤く染まる。

きっと可愛い顔で照れているに違いないと思いつつ、妻のやる気を別の方向に持っていこうとラウルは甘く囁く。

「それに今夜は側にいてくれると先ほど言っただろう？」

「い、言いましたけど……」

「ならば、その約束を果たしてくれないか？」

ジナを抱き上げ、ラウルはベッドまで運ぶ。

自分よりも小さな身体を横たえると、ラウルを見つめる表情に艶（つや）やかな色が浮かぶ。

恥じらいに染まる肌を暴き、今すぐその乳房に食らいつきたくなるが、性急なふれ合いでジナを怖がらせたくはない。

（この子のことは大事にしたい。なのになぜ、こんなにも暴力的な形で愛情をぶつけたくなるのだろうか……）

この年まで性欲とは無縁だったラウルにとって、己の中に芽生えた激情には戸惑うばかりだ。

押さえ込むのも容易いことではなく、一度身体をつなげてしまうと、際限なくジナを求めてしまう。

それでも、できるだけ大事に、優しく、彼女を抱きたいとラウルは思う。

この行為を、ジナが恐れず求めてくれるように。叶うなら彼女の方からしたいとねだってくれる日が来るようにと願いを込めて、ジナの上にゆっくりと覆い被さる。

鼻先が触れあうほどの距離で見つめ合い、視線で口づけの許可を求める。

ジナは僅かに目を見開き、それからこくんと頷いてくれた。

そっと啄むように唇を奪い、少しずつジナの様子を探りながらラウルは口づけを深めていく。

（ああ、彼女もキスを喜んでくれているようだ……）

舌を差し入れれば、彼女は自ら口を開けラウルを受け入れてくれる。

おずおずと絡んでくる舌は愛らしくて、ラウルはつい急ぎすぎてしまう。

「……ん、あぅ、あ、ラウル……さま……」

顔の角度を変え、貪るように口づけを深めると、ジナが甘ったるい声をこぼす。

呼吸がままならなくなってきたのか、目がとろんとしていく様は扇情的だった。本当に苦しいならやめようと思ったが、そこでジナがラウルのシャツをぎゅっと摑む。

押しのけられるかと思ったが、彼女の手はキスをねだるようにラウルを引き寄せた。舌を絡め合うだけでは物足りなくなり、ラウルは上顎や歯列をなぞりながらもっと激しく求め合おうと誘う。

ジナはそれに応え、今度は彼女の方からラウルの口腔に舌を差し入れる。

舌を伝いおちる唾液を嚥下し、ラウルはジナの口づけを余すことなく堪能した。

（でもまだ……、まだ足りない……）

口づけよりももっと、欲しいものがある。

抑えきれない欲望が、ラウルの性器を硬くする。

はち切れんばかりに膨らんだ剛直はズボンを押し上げた。僅かな痛みに小さく呻くと、ジナが彼の変化に気づく。

「ジナ……、君が欲しい……」

もはや欲望を隠しておけないと気づき、素直に懇願する。

恥じらいのせいか、それとも長いキスのせいかはわからないが、愛らしい顔を赤くしながら彼女はそっと目を伏せた。

「お、お身体は……」

「問題ない。君なら平気だと、いつも言っているだろう?」

元気すぎるほどだと苦笑すれば、ジナがそっとズボンの上からラウルのものに触れた。

「……あ、安易に触れるな……。まずは、君の準備を整えねば」

さすがにいきなりジナを貫く事だけは避けねばと思ったのに、あろうことか彼女は膨らみを優しくなで上げた。

「準備はいりません。それより、ラウル様を少しでも早く楽にして差し上げたいです」

必死に堪えていたものが、その言葉で決壊する。

「今のは、君が悪い」

ラウルは妻の身体をうつ伏せにさせると、腰をぐっと上に持ち上げる。

「脚に無理がなければ、膝を立てて腰を持ち上げてくれ」

「だ、大丈夫……、だと思いますけど……」

「辛いか？」

「は、恥ずかしい……」

膝を立て、臀部を突き出す格好でそんな事を言われると、なけなしの理性さえ消えそうになる。

恥ずかしいと言いつつ彼女の身体は期待に震えていて、誘うように腰まで揺れているのだ。ラウルを振り返る相貌にも色香が浮かび始め、目を潤ませる姿はあまりに扇情的だった。

「やはり、君はもうそれ以上育たない方が良い」

「……そ、それはどういう……？」

「君がこれ以上魅力的になったら、私は君を永遠にベッドに縛り付けておくことになりそうだ」

言うと同時に、ラウルはジナのドレスをめくり上げる。そして彼は、思わず硬直する。

「あ、あの……その下着は……」

なにせめくれたドレスの下から表れたのは、未だかつてないほど布が少ない下着だったのだ。

秘部をギリギリ隠せる小さな布は黒いレース地で、同じデザインのガーターベルトを身につけているせいで、ジナの臀部と太ももが嫌らしく強調されている。

（こんなものを見せられたら、私もベルナルドを笑えなくなる……）

「あ、待って……」

形の良い双壁に手を這わせ、ラウルはぐっと肉を揉みしだく。

「待てるわけがない」

「ひ、あっ……ん、ん……」

柔らかな肉に指が食い込む度、ジナは身をよじる。

必死に声を堪えようとしているのか、彼女は手で口を塞ごうとしている。

「声は我慢しなくていい。むしろ、もっと聞かせてくれ」

ジナの背後から覆い被さり、ラウルは彼女の手を取った。

「これからもっと激しくする。だからシーツをぎゅっと握っていた方が良い」

「い、いれる……のですか……?」

「ああ、どうやら君はもう十分濡れているようだしな」

下着にそっと指を這わせると、薄い布地は蜜を吸い、襞に張り付いている。

布の上から軽くなぞれば、くちゅくちゅと嫌らしい音さえ奏でる始末だ。

「あ、だめ……汚れちゃう……」

「もうとっくに汚れている。それにしても、こんな下着をいつの間に用意していたんだ?」

「わ、私じゃなくて……」

「ルドヴィカか?」

頷きながら、ジナはぎゅっとシーツにしがみつく。

「じゃあ君は、彼女に言われてこんなに嫌らしい下着を着けて食事をしていたのか」

「だっ、だって……、ルドヴィカが、下着も正装じゃないと……だめだって」

「まさかこれを、正装だと思ったのか?」

尋ねると、ジナが唖然とした顔でラウルを仰ぎ見る。

「お、王族の女性が……身につけるものだっていったのに……」

「少なくともアマンダお婆様は穿いていないと思うぞ」

みるみる真っ赤になっていく顔があまりに可愛くて、ラウルはジナの臀部にそっと口づける。

「だが君が今後も穿いてくれるなら、王家の正装にしても良いかもしれない」

「か、からかわないでください……！」

「割と本気だ。ルドヴィカの嘘も、たまには役に立つな」

ジナは不服そうだったが、下着の上から花芽をなぞれば、抗議の言葉は嬌声に代わる。

「それにあの子はとてもセンスが良い。ジナが一番似合うものを選ぶ天才だ」

このいやらしい下着のことをどこで知ったのか、という点については少々気になるが、ひとまず目をつむる。

「今日はこれをつけたまま、繋がろうか」

「で、でも、邪魔に……」

「とても小さいから、ずらせば問題ない」

濡れた下着を指でよけ、蜜にまみれた花弁を露出させる。

蜜でぬめる花びらに食らいつきたい衝動を覚えたが、もう既に昂った己をこのまま放置できそうになかった。

ズボンをくつろげ、ラウルは硬くなった性器をゆっくりと取り出す。

ジナの方を窺えば、彼女は起ち上がった剛直に目を奪われている。

「あまり見ないでくれ」

「ご、ごめんなさい……。でも、あんまり大きいから入るのかと不安で……」

「あまり煽らないでほしいんだが……」

彼女の視線と言葉に、ラウルのものがより逞しさを増す。

「それに、いつも君は全て受け入れてくれている」

「こんなに大きいものを?」

「ああ。何度も何度も、君の中をこれで抉ったのを忘れたのか?」

答える代わりに、ジナの腰がピクンと揺れた。多分彼女は、受け入れた時のことを思い出したのだろう。

そのときの激しさと快楽は、きっと彼女の身体に刻み込まれている。

「そして今日も、君はこれを受け入れるんだ」

性器の先端を襞の間にぐっと押し込めば、あまりに容易くジナはラウルを呑み込んだ。

結婚してまだ数日とはいえ、二人は毎回長い時間行為に及んでいる。

朝までほぼ繋がったまま抱き合っていた日もあるくらいだから、ジナの隘路はもうすっかりラウルの形を覚えてしまったのだろう。

そしてラウルも、ジナの中を味わう術を学び始めている。

入れてすぐ達するような醜態をさらすことはなく、ゆっくりと腰を動かし隘路に隠されたジナの愉悦を探り始めた。

「あっ、あ、……ラウル、さまぁ……」

甘く啼きながら、ジナが身もだえ腰を震わせる。

騎士であった頃は決して歪まなかった凛々しい顔が、甘く蕩けていく様に思わず目を奪われる。

ジナは恥じらいから顔を伏せようとするが、ラウルは身体を倒すと彼女の顎をそっと掴む。

「その顔を、もっと見せてほしい」

ラウルが望めば、ジナはわざわざ腕で身体を支え、ラウルを仰ぎ見る。

獣のように四つん這いになり、臀部を晒しながら夫を見つめる姿はあまりに淫猥だった。

浅ましくも艶やかな妻の姿に、ラウルはごくりとつばを飲み込む。

情欲に染まるその顔は、女の色香に満ちている。ラウルにとっては最も苦手とするもののはずなのに、ジナのそれは心を震わせ興奮させる。

「ラウル、さま……」

甘く呼ぶ声は、早く突いてと懇願しているようだった。

妻の望みを察し、ラウルは腰を強く掴む。ジナの腰を軽く揺すりながら、隘路をゆっくりとかき混ぜる。

「あ、ッ、んっ、ああッ、あ……」

時折ジナの声が大きくなるのは、感じるところを剛直の先端が突いているからだろう。

甘い声を頼りに感じる場所を探り、ラウルは抉るように隘路を責め立てる。

「あッ、いい、……そこ……」

「心地よいか?」

「あ、よすぎて……、ああ、……だめッ」

だめと言いつつ、ジナの膣(ちつ)がねだるようにラウルを締め付ける。

あまりの心地よさに射精しかけるが、いつまでもこらえ性のない男ではいたくないと、必死に耐える。

「ジナ、少し緩めてくれ」

「か、勝手に、中が……」

「私を手放したくないと、動いてしまうのか?」

「はい、あっ、もっと……もっと……」

激しくしてと訴える眼差しが涙で潤み、ジナは自分から腰を動かしている。

(ああくそ、やはり長くはもちそうもない……)

せめてジナと共に果てたいと思ったラウルは、ジナの感じる場所を抉り始める。

腰を打ち付け、蜜を掻き出しながら責めてやれば、彼女の身体がビクビクと跳ね始める。

愉悦に呑まれないようにシーツを握りしめているが、彼女もまた長くはもつまい。

「ジナ、共に果てよう」

「あ、一緒、……ッに？」

「そうだ、一緒にだ」

身体と愉悦を重ね、共に果てればきっと心も近づいていくかもしれない。

そんな希望を抱きながら、ラウルは更に激しく腰を穿（うが）ち始めた。

「あ、きちゃ、う……ッ、きちゃう……」

「ああ、私もだ……。ジナの中は、素晴らしすぎる……」

「あ、ラウル、さまぁ……、もうッ、私……」

「く、ッああ、ジナ……ッ、ジナ……！」

愛おしさと共に、ラウルはジナの中に熱を放つ。

「ああッ、ああ、ン……ッ！」

全てを受け止めたジナもまた果てたのか、彼女はビクビクと身体を淫らに震わせた。

あまりの心地よさに気をやったのか、ジナは身体を支えられずゆっくりとシーツの波に沈む。

彼女の中に精を吐ききったラウルは、荒く息をするジナの身体をそっと抱き寄せた。

「ジナ、平気か……？」

初めての体位で脚は痛んでいないだろうかと気遣えば、彼女はそっと頷く。

とはいえ意識は愉悦に呑まれたままなのか、彼女の瞳は虚ろだ。

身体に負担のかからない態勢にしようと、ラウルは一度彼女との繋がりをとく。

するとジナが、切なそうな顔でラウルを見つめる。

言葉はなかったが、その眼差しにはなぜ抜いてしまったのかと責めるような色まであった。

「まだ、行けるか……？」

少なくともラウルは、まだちっとも衰えていない。

今まで全く性欲がなかったくせに、今の彼には限界というものがないのだ。

体力が続く限り、ジナの中に注ぎ続けたいという欲求は尽きない。

それを彼女も理解しているのか、ラウルを見つめる顔に笑みが浮かぶ。

「一度では、楽に……ならないでしょう……？」

身体に力が戻ってきたのか、ジナはゆっくりと腕を持ち上げると、ドレスの留め金にそっと手をかける。

「また、朝までになったらすまない……」

「でも今日は、媚薬は飲んでないですよよね……？」

「薬はないが、君がいる」

　薬があってもなくても、きっと求める気持ちに変わりはない。激しさの度合いは多少変わるかもしれないが、多分ラウルが尽きることはないだろう。

「ラウル様、もしかして絶倫……です？」

「ぜつりん？」

「以前、同僚の騎士たちから聞いたんです。全く衰え知らずの男性をそう呼ぶんだって」

「衰え知らずというわけではないぞ」

「けれど普通は、多くても三回くらいが限度だと」

　そして年齢を重ねると、回数はもっと少なくなるのが普通なのだとジナは聞いたらしい。

　彼女の話が本当なら、いずれ自分も落ち着くのだろうかとラウルは悩む。

（いや、ジナを前にして落ち着くことなどない気がする）

　しかし限界がない行為は、彼女の負担にならないかという不安を抱いていると、ジナが床に置きっぱなしになっていた鉄亜鈴に目を向ける。

「やっぱり私、鍛えようと思います」

「いや、だからこれ以上魅力的になられると困る」

「た、体力的な意味で鍛えるんです。やはり妻として、ラウル様にはご満足いただきたいですし」

最後までしたいですし……ともごもご言うジナが可愛すぎて、ラウルの理性が再び吹き飛ぶ。

脱ぎかけだったドレスを摑み、引きちぎる勢いで妻から剝ぎ取ると、ガーターベルトと合わせた下着が現れる。

（うん、これだけは残しておこう）

「ら、ラウル様、不埒なことを考えていませんか⁉」

「いや、健全だ」

「け、健全な顔じゃありません」

「だとしても、ジナは最後まで付き合ってくれるのだろう？」

笑顔を浮かべながらラウルがキスをすれば、ジナは恥ずかしそうにうつむく。

でもいやがっている気配はないし、再び口づけを深めればきっとトロトロになって身を委ねてくれるのだろう。

「ジナ、君は最高の妻だ」

「こ、こんなことくらいで……」

「こんなことではないさ。強引な結婚だったのに、君はこんなにも私に尽くしてくれる」

「それを言うなら、ラウル様だって私に尽くしてくださっているではないですか」

「夫が妻に尽くすのは当たり前だ」

「なら妻が、夫に尽くすのも当たり前でしょう？」

特別なことではないとジナは言いたげだ。

でもラウルはジナを愛している。愛しているからこそ、身も心も捧げられる。

（けれどジナは違う。なのに私のために、身体さえ捧げてくれる）

愛がないことは寂しいけれど、これだけで十分だと思うべきなのだろう。

「君と結婚して本当に良かった」

そんな言葉と共に口づけをすると、ジナの顔が幸せそうにほころぶ。

愛はなくても、少なくともこの関係を彼女も気に入ってくれているのだろう。

「今夜は朝まで、最高の妻に奉仕させてくれ」

「むしろ、今日は私が……」

「体調は問題ない。だからさせてくれ」

口づけと共に懇願すれば、ジナは戸惑いつつも頷いてくれる。

「許可は出たから、もう遠慮はいらないな」

そしてラウルは愛する妻を抱き寄せ、そのぬくもりに溺れたのだった。

夫の腕の中で目を覚ます朝は、ジナの胸を優しい幸福感で満たす。

昨晩の行為は激しく、身体には疲労が残っていたけれど、それさえも幸せだ。

初めて彼の側で目覚めた時は気恥ずかしかったけれど、今は裸で寄り添うことも自然と受け入れられるようになった。

「……ジ……ナ……」

まだ寝ぼけているラウルに、名前を呼ばれる。それだけのことがとても嬉しくて、ジナは返事をしながら彼の胸に頬を寄せた。

それに気づいてラウルがジナを、ぎゅっと抱きしめる。

夫の腕の中にいると、自分は彼と結婚したのだと今更のように実感する。

もう何度も身体を重ねてきたけれど、今日はことさら自分がラウルのものになったのだという気持ちが強かった。

「……ん、起きて……いたのか……？」

「ごめんなさい。起こしてしまいましたね」

「……いや、今日は仕事だから、そろそろ起きねばと思っていた」

財務大臣と会合があるのだと言いながらあくびをこぼし、ラウルは寝癖のついた髪をかき上げた。

隙のある仕草には色気があって、魅入られそうになったジナは急いで顔をうつむかせる。

夫には気づかれないようにしたつもりだったが、ジナの考えを暴くように頬を撫でられた。

「だが午後には終わる。そうしたら、また君と甘い時間を過ごそう」

「わ、私は……別に……」

「二人で過ごすのは、嫌か？」

　真意を確かめるように上向かされ、ジナは慌てて首を横に振る。

「でも、昨晩もいっぱいしてしまったから」

「二人で過ごすと言ったが、抱き合うとは言っていないぞ？」

「あっ……」

　こちらを見つめる顔はいたずらっ子のようで、ジナははめられたのだと気づく。

「や、やっぱり、ラウル様は意地悪になっています」

「すまない。君が可愛い反応をするから、つい子供のようなことをしてしまう」

　不満が顔に出ていたせいか、ラウルは機嫌を直してくれと額にキスを落とす。

　そうされると、ジナは不機嫌でいられない。

　そもそも、彼の意地悪がジナは嫌いではないのだ。大人びていて落ち着いている姿も好きだけれど、自分にだけ見せる子供のような顔や言動はむしろ好ましかった。

（きっと、この表情は私にだけ……）

　まるで特別な贈り物を貰ったような、そんな気持ちにさえなってしまう。

「お詫びに、午後は君の好きなことをしよう」

更にそんな事を言われると、ずっと胸に秘めていた願いを言わずにはおれなくなる。

「な、なら……、よければ二人で出かけませんか？」

声が震えないようにと、最後は一気に言葉を吐き出す。

「二人で……？」

帰ってきた声には僅かな戸惑いがあったが、ラウルの瞳は僅かに輝いている。

（よかった、嫌ではないみたい）

好意的な反応にジナは胸をなで下ろし、ジナは頷く。

だが早速行き先を相談しようと思った瞬間、彼の顔から輝きが消えた。

ラウルは僅かに息を呑み、慌てた様子で視線を落とす。

彼の顔に浮かんでいたのは、大きな不安だ。もしや外で女性と会うことを危惧しているのではと思い、ジナは慌てて言葉を続ける。

「もちろん、人の少ないところで構いません。ラウル様が快く過ごせる場所ならどこでも」

しかしラウルは困り果てた顔で視線を泳がせる。

その反応に、ジナはふと違和感を覚える。

（この目の泳がせ方、何か隠し事をなさっている時のものだわ……）

昔から、ラウルは咄嗟の嘘が下手だ。

特に親しい人間に対しての嘘が下手で、ルドヴィカやフィビオにそれを指摘されて狼狽える姿を側で何度も見てきた。

「何か、女性とは別の懸念があるのですか？」

問いかけに対して、表情を凍り付かせる姿はどう見ても図星である。

「そういうわけではない。ただ、せっかくならどこへ行こうかと考えていただけだ」

「わかりやすい嘘をつかないでください」

「嘘ではない。君とデートに行きたいと心の底から思っている」

「でも、行けない理由があるのですね」

ジナだってラウルと七年の付き合いがある。彼の表情を見れば、それくらい察することはできた。

（けれどなぜ、ここまで頑ななのかしら）

普段のラウルなら、嘘がばれればすぐにその理由を話してくれる。

なおも頑なになると言うことは、ジナに知られると相当まずいことなのだろう。

それを証明するように、ラウルは「用事を思い出した」と更にわかりやすい嘘を重ねて部屋を出て行く。

あまりの勢いにジナは唖然とし、出て行く夫の姿を見送ることしかできない。

一人残されると、嘘をつかれたという事実がジワジワと不安をかき立てた。

「ねえ、ラウル様と何かあったの？」

不安が顔に出ていたのか、最初にそんな声をかけてきたのはカミラだった。

城では若い女性の侍女が少ないため、彼女はルドヴィカだけでなくジナの侍女も兼任してくれている。

そしてラウルがいない時、身の回りの支度を手伝いに来てくれるのだが、部屋に入るなり早速声をかけられた。

「別に何も……」

「ねえ、私たちは友達でしょ？」

手をぎゅっと握られ、話してほしいとカミラは視線で訴える。

普段はあまり、彼女は踏み込んでこない。にもかかわらずここまですると言うことは、きっと気落ちしていたのがはっきりと顔に出ていたのだろう。

そしてジナもわだかまりを誰かに打ち明けたい気持ちがあった。

「秘密にしてほしいならするから、話して……」

カミラの言葉に背中を押され、ジナはラウルとの出来事を打ち明ける。

「嘘をつくのが下手なのもあるけど、ラウル様は今まで私に何でも打ち明けてくれたんです。なのに夫婦になったとたんに隠し事をされるなんて、思っていなくて」

「つまり、ジナは不安なのね」

「ええ。でも夫婦だからって全てを話せというのも違うでしょう？」

とはいえ今回は、妙な胸騒ぎもするのだ。

ラウルは基本的に、自分のためには嘘はつかない。

彼が嘘をつく時は誰かのためだったり、そうしなければいけない理由がある。そして今回、その理由は他ならぬジナにあるような気がしたのだ。

だからこそ、あそこまで頑なに何も言わなかったのではとジナは考えていた。

「何があったのか聞きたいけど、踏み込みすぎてラウル様に嫌われたらと思うと勇気が出なくて……」

「それは、確かに難しい問題ね……」

そう言って、カミラは考え込む。彼女まで悩ませてしまうことに申し訳なさを感じていると、親友の横顔にふと暗い影が差す。

「カミラ？」

不安になって声をかけると、彼女はハッと顔を上げる。

「ごめん、何か良い助言ができればと思ったんだけど……何も出てこなくて……」

「気にしないでください。こうして、一緒に悩んでくれるだけで嬉しいです」

そう言って笑うと、カミラもぎこちない笑みを返してくれる。

その顔はやっぱり浮かないものに見えたが、それを指摘するより早く彼女がジナの肩を優しくなでた。

「でも、きっと大丈夫……。ラウル様はジナを嫌ったりはしないと思うから」

「本当に、そう思います？」

「もちろん。それに何か隠し事をしているとしても、きっと今だけじゃないかな」

確信があるように、カミラは言い切る。

「あんまり、考えすぎない方がいいと思うわ」

「そうですね、たしかにその通りかもしれません」

「それにデートだってきっとできるわ。ラウル様だって絶対にしたいと思っているもの」

だから気にしすぎないようにと、カミラは元気づけてくれた。

彼女の言葉は正しく、昼を待たずにラウルから朝の謝罪と「せっかくのデートなら少し遠くまで足を伸ばそう」という提案を受けた。

それにほっとしつつも、ジナの胸の内には小さなわだかまりが、とげのように刺さっている。

それはとても小さなものだったけれど、その日以来ジナは不安に囚われ、ラウルにぎこちない態度をとるようになっていった。

第五章

リオザ西部、湖畔の街『ネルア』。

ラウルがジナとのデート場所に選んだのは、国内有数の別荘地だった。

ネルアには王家が所有する別荘が有り、ラウルたち家族は毎年夏になると必ずネルアに赴く。もちろんジナも護衛としてついて行き、ルドヴィカとフィビオが幼い頃はそこで乗馬を教えたりもした。

ジナにも思い出深いその地で休日を過ごすというのが、ラウルの企画した初デートである。

しかしネルアへと向かう車の中で、ジナの心は浮かなかった。

（結局、ラウル様は何も教えて下さらなかった……）

数日前の不審な態度に関しては、謝罪をされた。妙な態度を取ってしまったのは、初めてのデートで失敗をしないか不安だったせいだとも、彼は言っていた。

謝罪を受け入れたものの、ジナはそれが真実だとはどうしても思えなかった。

そのせいでつい彼を探るように見つめてしまうと、ラウルは明らかにぎこちなくなる。

ジナも気後れして何も言えなくなってしまうため、この二日ほどはろくに会話もできていない状況だ。

それに、懸念はもう一つある。

（なんだか、いつもより護衛の数が多すぎる気がするわ……）

ネルアは平和な街で、争いごととは無縁だ。それでも王族が出かける時は近衛隊の騎士が護衛につくが、今日はやけに数が多い気がするのだ。

一応、数が多いことに理由はある。

一つはヤコフが隊長になってから王族の警備を強化することが決まったこと。

もう一つは、ジナの横ではしゃいでるルドヴィカの存在だ。

「ほら見て、別荘が見えてきたわ！」

別荘に行くなら是非ついて行きたいと彼女はもちろん、旅行にはフィビオまでもが同行している。

「叔父様が初デートでとちらないようにするため」と彼らは言っていたし、ルドヴィカたちが来てくれればラウルとの気まずさも紛れるのでジナとしては嬉しい。

しかしその結果、想像以上の大所帯になってしまったのだ。

（ただそれにしても、物々しすぎるのよね……）

近衛だけではなく治安維持を担う騎士たちまでもが応援に駆けつけている。

それに車に同乗しているベルナルドの雰囲気も、いつもより僅かに張り詰めている気がする。

そこにも引っかかりを覚えていると、隣に座っていたラウルがジナの顔をのぞき込む。

「ジナ、ずっと黙っているが具合でも悪いのか？」

ジナはハッと顔を上げる。

「い、いいえ、大丈夫です」

騎士が多いのが気になっていると口にしたところで、はぐらかされるのは目に見えている。だから今は疑惑を口にせず、首を横に振った。

ラウルとは気まずいが、それでも彼がジナのためにと初デートの計画を色々立ててくれているのは知っている。

(隠し事をされているのは不安だけど、それも今だけかもしれない。カミラにも気にするなと言われたし、あまり不安がっていては駄目よね)

ルドヴィカたちもいるのだし、この週末は初めてのデートを目一杯楽しもう。

気持ちを切り替え、ジナはラウルにそっと微笑んだ。

程なくして別荘に着くと、早速始まったのはルドヴィカとカミラの手によるドレスアップだ。

「今日は湖畔でピクニックをするんでしょう？　だったら爽やかな色のワンピースが良いわね！」

「なら、帽子は……こっちの白い色にする？」

「いっそ帽子はなしにしてリボンだけもかわいくない⁉」

などと言い合い、特にルドヴィカは当人よりはしゃいでいる。その声がいつも以上に弾んでいるのは、多分ジナの不安やぎこちなさを察しているからだろう。

元気づけようとしてくれているのをありがたく思いつつも、とっかえひっかえ服を着せ替えられるのは少々骨が折れる。

「あと杖も変えましょう！　ほら、ジナのためにカミラと二人で選んだものよ！」

「いえ、杖はいつものもので」

「でもそれ、仕込み杖でしょ？　そんなに物騒なもの、デートに持っていっちゃだめよ！」

「けど何かあったら……」

「あった時のためにベルナルドや騎士がいるんでしょ？」

とはいえ杖を取り上げられると、ジナは途端に落ち着かなくなる。

騎士を辞したものの、獲物がないとどうにもしっくりこないのだ。

「ルドヴィカ、さすがにそれを取り上げたらジナが挙動不審になっちゃう」

「でも、デートに行くのにこれは……」

「刃が見えているわけじゃないし、初めてのデートは緊張しすぎないほうがいいかなって」

「そもそも、デートに剣がないと落ち着かないっていうのもどうかしてると思うけど」

ルドヴィカは不服そうだが、なおもカミラが諭してくれたおかげで、最後は杖を返してくれた。

けれど容赦してくれたのはそこまでだ。真新しいワンピースに着替えさせられ、化粧まで施すとまた落ち着かなくなってくる。

「うん、私の見立ては完璧だわ！　叔父様も卒倒する可愛さよ！」

「卒倒したら、まずいと思うのですが……」

「けど初デートなのに、男装なんて絶対駄目よ！　これくらいは、耐えてもらわなくちゃ！」

ルドヴィカは一歩も引かない。それどころか、もっと可愛くできないかと悩み出す始末だ。

それに不安を抱いていると、着替えを終えたのを察したベルナルドが中に入ってくる。

彼は、ジナを見るなりにっこりと笑う。これはからかわれるに違いないと気づき、ジナは身構えた。

（……あら？）

けれどそこで、ジナの注意はベルナルドの背後へと逸れる。

開いたままの扉から、ヤコフが中を覗き込むのが見えたのだ。

その視線がいつになく鋭い事に気づき、ジナは怪訝に思う。

ヤコフもまたジナに気づき、そこで僅かに目を見開いた。だが彼はすぐに気まずそうに顔を逸らし、足早に部屋の前を通り過ぎる。

（ヤコフ、なんだかすごくピリピリしてる……）

ああいうときの彼に声をかけると、大抵は理不尽に怒りをぶつけられる。

だが彼が不安定な時は、一人で何か問題を抱えこんでいる時だ。その結果重要な連絡ミスが発生したり、警護計画に問題が起きることが多かったのを思い出し、ジナはそっとため息をこぼした。

（放っておきたいけど、なんだかそのままにはしておけない……）

昔から、こういうときに声をかけるのはいつもジナの役目だった。

それができるジナだからこそ、一部の仲間には二人は仲が良いと思われていたところもある。

ジナはそれが嫌で仕方がなかったが、かといって他に代わってくれる人はいなかったのだ。

（あの分だと、今も私の代わりはいないんでしょうね……）

それを思うと放っておくこともできず、ジナはたまには彼と話してみようと決める。

状況的に、彼の懸念はきっと騎士の増員とも関係しているに違いない。

ベルナルドは、警備の強化はヤコフの発案だと言っていたし、その意図を知りたいと思っていたジナは、覚悟を決めて歩き出す。

部屋を出て行こうとすると、ベルナルドが僅かに焦った顔をする。

「いったいどこへ行くつもりです？」

「ヤコフに話があるんです」

「なら僕も……」

「ヤコフならすぐそこにいるでしょうし、一人でも問題ありません。騎士がひしめく別荘で、何かあるなんてあり得ないでしょう？」

ジナの言葉に、ベルナルドはわかったと言いたげに肩をすくめた。

許可が出たことに気をよくし、ジナは急いでヤコフを追いかける。

廊下を進み、上階へと上る階段までくると、彼は踊り場に一人立っていた。

こちらに背を向けているので顔は見えないが、きつく握られた拳からは苛立ちのようなものを感じる。

やはり何か困りごとだろうかと思い、ジナは彼に声をかけようと口を開いた。

「……くそっ、どうしてこうなったんだ‼」

次の瞬間、激しい罵声と共にヤコフが握りしめた拳を壁に叩き付ける。

驚きのあまり杖を落とすと、彼がハッと身体を強ばらせた。

「あ、あの、ヤコフ……？」

慌てて杖を拾い上げながら、ジナがおずおずと声をかける。

いつものように怒りをぶつけられるのだろうかと身構えるが、ヤコフはすぐには振り返らず、ゆっくりと叩き付けた拳を下ろした。

いつになく静かな動作に、ジナは逆に不安になる。

「……一人で出歩かれてはいけませんよ、ジナ様」

けれど返ってきた声に怒りはなかった。

礼儀正しい声も、振り返ったヤコフの顔にも不満そうな気配はない。

かしこまった話し方に違和感を覚えるものの、規律を重んじる彼はベルナルドのように砕けた振る舞いはできないのだろう。

「屋敷の中なら大丈夫かと思ったんです。それにあなたに聞きたいことがあったので」

「聞きたいこと？」

首をかしげるヤコフに、ジナは頷きながらゆっくりと階段を上る。

「あなたが何かに悩んでいるように見えたから、気になってしまって」

「……それで、わざわざ追いかけてきたのですか?」

「ええ、あなたはいつも色々とため込むところがあるし、それに──」

「俺の悩みについて、本当に心当たりがないと?」

ジナの言葉を遮り、ヤコフがぐっと身を乗り出してくる。

彼とジナは同じくらいの身長だが、二段上にいるせいか今日はかなり上から見下ろされている形になる。

いつになく威圧感に息を呑んでいると、ヤコフの目が鋭く細められた。

「本気で、心当たりがないと?」

口調もいつもの高圧的なものへと戻り、顔には僅かな怒りが滲んでいる。

(彼はやっぱり何かに怒っているみたい……)

とはいえ彼の言う心当たりにはピンとこない。

ただただ戸惑っていると、そこでじろりとヤコフがジナの姿を上から下まで見つめた。

「……お前は、変わったな」

そこでぽつりと、ヤコフがこぼす。

彼の目がジナの顔へと戻り、無言のままじっと見つめてくる。

前からよく、ヤコフはこうして黙ったままジナを見る事があった。大抵不機嫌なときだが、今日の彼は何かが違う。

瞳は妙に鋭くて、どうにも落ち着かない。

見つめ返すことに躊躇いを覚え、ジナは思わず顔を逸らす。

するとヤコフが、さらにぐっと距離を近づけてきた。

「心当たりがないなら教えよう。……俺の悩みはお前と同じだよ、ジナ。ラウル様の『隠し事』に振り回されている」

「……隠し事？」

「そうだ。そのおかげで、俺は面倒ごとを抱え込むことになったんだ」

うんざりした声に、ジナははっと顔を上げる。

「面倒ごとって、この過剰な警護に関係あります？」

「仕事は増えるし、本当にやっかいだよ……。それに……」

言いよどむヤコフが気になって恐る恐る彼を窺うと、先ほどと同じ鋭い目で彼はジナを見ていた。

どことなく危うい雰囲気を漂わせ、ヤコフが顔を近づけてくる。

いつものように叱責を受けるのかと身構えた瞬間、彼は慌てて身を引いた。

「ジナ！」

直後に響いたのは、ラウルの声だった。

振り返ると、彼が慌てた顔で階段を上ってくる。それに伴い、ヤコフがジナと距離を取った。

「ヤコフ、何か問題があったのか？」

ラウルの問いかけに、ヤコフが苦笑を浮かべる。

「一人で出歩かないようにと、お伝えしていただけですよ。ラウル様も、もう少し注意するよう促してください」

それだけ言うと、ヤコフは声を潜める。

「……そうだジナ、もし俺に話したいことができたらいつでもこい」

ジナにだけ聞こえる声でそう言うと、ヤコフはふっと笑みをこぼす。

「ラウル様のように、お前も秘密を持ちたくなるかもしれない。そのときは、俺が共犯者になってやる」

そう言い置いて、ヤコフは足早にその場を去っていった。

「……今、ヤコフは何を？」

遠ざかる背中を眺めながら、ラウルが尋ねる。しかしジナはそれに答える気になれず、代わりにこちらも質問を投げた。

「それよりも、先ほどヤコフが言っていた『注意』というのは何に対してですか？」

二人きりになると、ジナは静かに尋ねた。

帰ってきたのは沈黙と、戸惑うラウルの顔だ。

彼を困らせているとわかっていたが、先ほどのヤコフの言葉が耳から離れない。

(隠し事をされているのはわかってたけど、それが警護を増やすことと関係があることだとしたら、どうして私に話してくれないの……？)

多分ラウルが隠しているのは、何かしらの危険を秘めたことだ。ならばそれを、なぜ元騎士だったジナに隠すのだろう。

皆のようには動けないけれど、事情を話してくれれば自分にも何かできることがあるかもしれないのにと、ジナは思わずにはいられない。

「もし何か注意すべき事や危険があるなら、教えてください」

「そのようなものはない」

「でも、何も知らないままでは備えられません」

「何もないと言っているだろう！　君が、備える必要などない！」

いつになく強い拒絶に、ジナは想わず息を呑む。

ラウルも言い過ぎたと思ったのか、慌てた様子でぐっと口を閉じた。

「す、すまない……。ただ、私は……」

ラウルはすぐに謝ろうとしたけれど、ジナの心はそれを拒否する。同時に目の奥が熱くなり、瞳が僅かに滲む。

(こんなことで泣きそうになるなんて、情けない……)

大怪我(おおけが)をした時だって、仕事で大きな失敗をした時だって泣いたことはなかった。なのにたった一回の拒絶が、ジナの心をこんなにも弱くさせる。

「ごめんなさい、少し一人にしてください」

「な、泣いているのか……」

「まだ、泣いていません。でもそうなった時、あなたに泣き顔は見せたくないので」

そう言って、慌てて階段を下りる。

けれど三段も下りないうちに、ラウルにぐっと腕を掴まれた。

「私のせいで泣いているのに、放っておけるわけがないだろう！」

まさか引き留められるとは思わず、ジナは息を呑む。

そのままラウルを仰ぎ見れば、彼はいつになく辛そうな顔でこちらを見つめた。

「……君を泣かせるくらいなら全て話す。だからどうか、私から離れていこうとしないでくれ」

先ほどまではジナの方が泣きそうだったのに、今はラウルの方が弱り果てている。

掴んだ手も震え、「頼む……」と続いた声は今にも消えてしまいそうだった。

「……君に嫌われたら、私は生きていけない」

「別に、嫌ってなんて……」

「いや、今のは嫌われて当然の振る舞いだった。妻を怒鳴るなんて、最低な男だ」

言うなり膝までついたラウルに、ジナはぎょっとする。

反省しきっている彼を見ていると、これ以上意地を張ることはできない。それにこぼれそうになっていた涙も、気がつけば引っ込んでしまった。

「そこまでなさらなくて結構ですから」

「いや、こんな謝罪では足りない。だって私は、君を泣かせてしまった」

「な、泣いてはいませんから！」

「でも泣きそうだった。気丈な君があんな顔をするくらいだから、とても傷つけたのだろう？」

傷ついたのは事実だったが、それを言えば彼は膝だけでなく頭まで地面にこすりつけて謝罪しそうな勢いだった。

それに猛省するラウルの姿を見ていると、ほんの僅かだが喜びにも似た感情さえ浮かんでしまう。

（謝られて嬉しいなんて、私どうかしてしまったのかしら……）

泣きそうになったり喜んだり、自分の感情がジナはわからなくなる。

「本当に気にしないでください。私も少し、取り乱しすぎたみたいです」

「……なら、私の元から去ったりしないか？」

「そ、そんなことはしません。隠し事をされていると知って傷つきましたが、去るなんてできません」

断言すると、ようやくラウルがほっと息を吐く。

「このまま、離縁すると言われるのではと不安だった……」

「さすがに、そんなことは言いません」

「だが、このところずっとギクシャクしていただろう。私は出来た夫でもないし、ついに愛想を尽かされたのかと不安だった」

ここ数日の気まずい空気に参っていたのは、どうやらジナだけではないらしい。そのことにもほっとしてしまう自分に戸惑いながら、ひざまずくラウルをゆっくりと立たせた。

「それを言うなら私だって出来た妻ではないでしょう。夫の隠し事は見て見ぬふりをするのが妻の役目だという言葉もあるのに、上手くできなくて……」

「見て見ぬふりなんてしなくていい。そもそも、私相手では見て見ぬふりなどできないだろう」

嘘や隠し事が下手な自覚があったのか、ラウルはそう言って肩を落とした。

「悪いのは私だ。だから自分を責めるようなことは言わないでくれ」

真剣な声に、ジナは頷く。するとラウルは、おずおずとジナの頬に触れてきた。

泣いていないか、愛想を尽かされていないかと不安がっているのか、何かを確認するように彼の指が頬を撫でる。

そうしているとようやく気持ちも落ち着いてきて、ジナはそっと微笑んだ。

「なら、これで仲直りにしませんか？」

「私はそうしたいが、いいのか？」

「ええ、もちろんです」

「なら……」

そこで、ラウルの視線がジナの唇に向けられる。

彼の望みがなんとなくわかり、ジナは頬を赤くしながら小さく頷いた。

ゆっくりとラウルの顔が近づき、いつになく恐る恐る口づけられる。

キスはほんの一瞬だったが、いつもよりずっとお互いに緊張していた。

（でも、なんだか……とても温かい気持ちになる……）

短いキスのあと、ジナとラウルは見つめ合い、ぎこちなく笑う。

「……仲直りの証、ですね」

「嫌ではなかったか？」

「ここ数日していなかったから、とても嬉しいです」

「私もだ」

ぎこちない笑みがほぐれ、二人の表情が柔らかくなる。

「それに、初めての夫婦喧嘩だな」

そう言われると、なんだか特別なことをしたような気持ちになるから不思議だ。

(思えば、夫婦喧嘩どころかラウルと言い争ったのはこれが初めてかも)

だからこそ戸惑い傷ついたが、仲直りできた今は喧嘩のおかげで前よりずっとラウルとの距離が近づいたような気もする。

「たまにするなら、悪くないかもしれませんね」

「私は御免だ。君の目が潤んだ瞬間、心臓が止まるかと思った」

「大げさですよ」

「大げさなものか。君には笑顔でいてほしいし、もう二度と泣かせるようなことはしない」

絶対にと念押しするラウルに、ジナはほっとする。

「その言葉、信じます」

「ああ、信じてくれ」

そう言うと、ラウルはもう一度ジナにそっと口づける。

キスは先ほどより長く、身体の芯が蕩けるほど優しい。

「……今度は、約束の証だ」

それにキスのあとに向けられた眼差しも、あまりに甘かった。

(ああ、まずいわ……)

　ここ数日、ギクシャクしていた二人は甘い触れ合いもしていなかった。そのせいか、たった二回のキスだけでジナの身体はどうしようもなく彼を求めてしまう。

「ああ、ジナ。そんな顔をしないでくれ……」

　そしてラウルは、ジナの変化に気づいているらしい。

「先に打ち明けたいことがあるのに、そんな顔をされると、色々まずい」

　隠し事のことだとわかっていたけれど、あれほど聞きたかった真実より今はキスの方が欲しいと思ってしまう。

「……ごめんなさい。私……今すごく愚かなことを考えています……」

　恥ずかしさと情けなさで赤くなった顔を手で覆った瞬間、ジナの身体が浮き上がる。

「なら、先に愚かなことをしよう」

　ラウルに抱えられたのだとすぐに気づいたが、彼の腕から逃れるという考えは消えてしまっている。

　そのまま部屋に運ばれると、中にはまだルドヴィカやベルナルドがいた。

　そこで我に返り、ジナは慌ててラウルの腕から飛び下りた。ラウルもまた今更のように平静を取り戻そうとしていたが、ぎこちなさは否めない。それでも何か言い訳をせねばと思っていると、ルドヴィカとベルナルドはお互いに目を合わせた。

「ベルナルド、撤収」

「言われなくてもそのつもりです」

そして二人はものすごい勢いで部屋から出て行く。

「ちなみにそのワンピース特注だから、ちゃんと脱いでね」

なんて言葉まで置いていかれ、ジナは居たたまれなさに呻いた。

「そ、そういえば……これからピクニックの予定でしたね」

「でも、あの……」

「ああ、無理だな……」

こんな状態では、暢気（のんき）にピクニックなどできはしない。

「せっかく綺麗にしてくれたのに、すまない」

「綺麗にしたのは私ではなく、ルドヴィカやカミラたちです」

そう言うと、ラウルはカミラが美しく編んでくれた髪にそっと触れた。

そして改めて、ジナの姿を食い入るように見つめる。

「ルドヴィカたちは、君を美しくする天才だな」

「少し、やり過ぎな気がしますけど」

「確かに、ピクニックには不向きだ。あまりに可愛すぎて、外に出したくなくなる」

「大げさです」

「大げさなものか、君は自分の姿を鏡で見たのか？」

「見ましたけど……」

「ならもっとよく見た方が良い」

鏡の方へと向かされ、ラウルが背後からジナの顎をそっと撫でる。

「君は本当に綺麗だ。それを自覚してくれないと、私は不安で仕方がない」

そんな言葉と共に、ジナの首筋にラウルがそっと口づけを落とす。

「さっきも、側にいたヤコフに妬きそうになった」

「彼とは、ただ話を……」

「わかっている。だが君の美しさを前にすると、私は狭量になる」

そのまま首筋を強く吸い上げられると、ぞくりと肌が粟立ち、喉の奥から微かに甘い声がこぼれた。

はしたない反応に思わず口を手で押さえると、鏡越しにラウルと目が合う。

「ごめんなさい、今のは……」

「もう一度、聞かせてくれ」

「えっ……？」

「今の声が、もう一度聞きたい」

言うなり先ほどより強く口づけられ、ジナは更に強く手で口を覆う羽目になった。

「こらえないでほしい」

「だって……、あんな声……」

「恥ずかしがらないでくれ。どうしても今、聞きたい……」

言うなり、ジナの声を引き出そうとするように、ラウルが柔らかな肌を強く吸い上げる。

「あっ、だめッ、……です……」

僅かな痛みと共に首筋には淫らな痕がつき、ジナは小さく呻いた。

「こんな、見えちゃう……」

「見せておこう。私の妻だという証になる」

「証などなくても、私はあなたの妻です」

「だがそう思わない者もいる……」

そこで僅かに、ラウルの表情が曇る。それに違和感を覚えたが、今度は首の後ろを強く吸われたせいで、彼の表情をよく見ることができない。

「待って、……キス、だめ……です」

「でも、心地よさそうな声だ」

「心地良いから……、だめ、なんです……。きっと、ラウル様に……溺れすぎてしまう……から……」

「そんなことを言われたら、私が君に溺れてしまう」

そのまま顔を上向かされ、荒々しく口づけられる。

激しいキスはジナの呼吸を乱し、彼女ははしたなく身もだえた。

「これから、ピクニック……なのに……」

「わかっている。……話もあるし、今日はすぐに終わらせる……」

「本当に……？」

「今のところ、薬は盛られていないから大丈夫だ」

なら平気かと、うっかり微笑んでしまったのが運の尽きだった。

着たばかりの服を脱がされ、ジナはベッドへと連れ込まれる。

「……あっ、ラウル様……ッ」

そうして始まった愛撫（あいぶ）はすぐ終わるとは到底思えないほど激しく、ジナは乱れに乱れてしまう。

そしてラウルも、一度昂った身体を覚ます方法をまだ知らない。

結果二人は激しく求め合い、我に返った時はもう既に日が沈みかけていた。

「ああもうっ、こんなに一杯痕をつけて！　せっかく持ってきた服、ほとんど着られなく

なっちゃったじゃない！」

「……それは、あの、本当にごめんなさい」

デート初日をベッドの中で過ごしてしまうという大失態から一夜が明け、「叔父様がまた暴走しないうちに」とジナは早朝からルドヴィカに連行されていた。

「今のはジナじゃなくて、叔父様への怒りよ。まさか、こんなにこらえ性がないなんて！」

むしろこらえ性がなかったのは自分だと、ジナは言えない。

（仲直りのあとだったから、余計に離れがたくなってしまったのかも……）

それに一度官能に火がつくと、ラウルはなかなか収まらない。

医者からもしばらくは性欲が強くなると言われていたらしいし、多分ちょっとしたことでラウルは興奮してしまうのだろう。

そんな状態では落ち着いて話などできないし、彼の高ぶりは不思議なことにジナにも移ってしまう。

結果、二人は気まずかった日々を埋めるようにより激しく愛し合ってしまったのだ。

「さすがに、ピクニック中にはしないでね」

「し、しませんよ！　色々と、大事な話もするつもりですし……」

「そういうのが吹き飛ぶのが、愛と性欲の怖さよ」

「せ……」

明け透けな物言いに戸惑う一方、実際昨日の二人は完全に欲に呑まれていた。

（でも、今更だけど不思議だわ。ラウル様は、どうして私にあんなにも興奮するのかしら）

何せジナは、驚くほど色気がない。

思わず寂しい胸に手を当て悩んでいると、ルドヴィカがわざとらしいため息をついた。

「ジナの考え、なんとなく読めたわ。……この平たい胸のどこが叔父様を興奮させるのかわからない、とか思ってるんでしょう」

「そ、そのとおりです……。ルドヴィカのドレスと化粧のおかげで多少見てくれは良くなりましたが、色気があるとは言えない身体なので……」

「それ、本気で言ってる？」

「だって胸もこの有様ですし」

「それ、本気で言ってる？」

二度同じ言葉を繰り返してから、ルドヴィカは大きなため息をこぼす。

「確かにジナは、人より胸はないかもしれない。あと世間一般の女性と、少し体つきも違うわ。でもね、世の中の男には色々好みがあるの！」

「好み？」

「それもちょっと特殊な体つきが良いって人もいるのよ」

「つまり、ラウル様は平らな胸がお好き……なのですか？」

「絶対そうよ。さっき見たけど、胸の周りに口づけの痕がびっしりだったし」

「そ、そんなところ見ないで下さい！」

「嫌でも目に入る数だったんだもの。だからジナは安心して、平らな胸のままでいれば良いと思う」

そこまで力説されると、ジナはようやく自分の慎ましい胸に自信が持てそうだった。

「需要と供給は一致していそうだし、羨ましいくらいに二人はお似合いだから安心して」

「そ、それなら良かったです」

「とはいえ、一致しすぎて我を忘れるのは困りものね。特に叔父様は最近調子に乗ってるところがありそうだし、ジナを飾りすぎないようにしなくちゃ……」

言うなり難しい顔で、ルドヴィカは今日の服をどうしようかと悩み出す。

遅れてやってきたカミラとも相談した結果、ジナは口づけのあとが隠れる白いワンピースを着ることになった。髪型もハーフアップにし、髪を半分垂らすことで首筋の痕を隠す。

化粧も昨日よりも落ち着いたものにし、今日こそピクニックができる装いを整えた。

「本当はもう少し飾りたかったけど、叔父様が外で脱がせたら困るからこれくらいにしておきましょうか」

さすがに外で脱がされることはないと言いたかったが、ルドヴィカのことだからとんでもない反論が返ってきそうだ。

ここはぐっとこらえ、ジナは支度を手伝ってくれたカミラに礼を言ってラウルの待つ玄関へと向かう。

「ああ、今日の君も素晴らしいな」

待ち受けていたラウルは早速賛辞を口にし、ジナは真っ赤になる。

その様子に念のためにとついてきたルドヴィカが呆れた顔をする。

「今日はちゃんと出かけてよ？　ずっと部屋にこもってるなんて不健康すぎるわ」

「も、もちろんですよ」

執事から昼食の入ったバスケットを受け取り、ジナはラウルの手を掴むとそそくさと外に出る。

そのまま足早に向かったのは、別荘の裏手にある湖畔だ。

湖にせり出す形で作られた桟橋の上には、ラウルの姉が作らせたというガゼボがたっている。

そこでブランチを取りながら、ジナは彼の秘密を聞くことになっていた。

別荘の敷地内なので、さすがに護衛の騎士はついてきていない。

少し離れた場所には巡回の騎士がいるが、ジナたちに配慮しているのか外へと続く道の方に身体を向けている。

（でもこっちを向かれたら恥ずかしい、あんまりくっつかないようにしよう）

騎士の一人はヤコフに見えたし、慎ましく食事をしようとジナは決意する。

……がしかし、そんな決意はすぐに覆ることになった。

「ジナ、君に給仕をしても良いだろうか」

テーブルに料理を広げようとしていたジナの手を、ラウルがそっと掴んだのだ。

「君は座っていてくれ。昨日の償いもかねて、私が全て準備する」

嫌だと言わせるつもりはないようで、ラウルはジナを椅子に座らせる。

バスケットから手早く料理を取り出すと、彼は自ら紅茶まで注いでくれる。

全てを任せるのは申し訳ない気がしたが、ジナのために手を動かす姿につい見惚れてしまう。

そのままうっとりと見つめていると、紅茶を注ぎ終えたラウルが苦笑を浮かべる。

「そんな顔で見ないでくれ」

「そんな顔……？」

「あまり可愛い顔をされると、また口づけたくなる」

可愛い顔をしているつもりはなかったが、ジナは慌てて頬を押さえる。

「……まずは話をしたいし、できるだけ堪えるつもりだが、可愛さは抑えてくれると助かる」

「か、可愛い顔はしていないと思いますけど、あの、善処します」

とりあえず騎士の時のようにキリッとした顔をしようと、ジナは決める。

そのままピシッと背筋を伸ばしていると、ラウルがジナの隣に腰を下ろした。

そして僅かにためらった後、懐から手紙の束を取り出す。

「これは？」

「君に隠していた『秘密』だ。……まずは、目を通して欲しい」

いつになく曇った顔に不安を覚えつつ、ジナは受け取った手紙を開く。

「……これ、脅迫状……ですか？」

それも自分との結婚に関わるものだと気づき、驚きを隠せない。

「なぜこんなものが？　それにいつから？」

「説明するから落ち着いて聞いてくれ。そしてできれば怒らないでほしい」

そして彼は、脅迫状が届き始めた時期や、結婚を決めた本当の理由をジナに説明し始める。

「隠していたことを怒るのはもっともだ。でも私は、君を守りたかったのだ。それだけはわかって欲しい……」

ジナの手を握り、ラウルは許しを請うように項垂れる。

そんな顔を見たら、怒る事なんてできはしない。そもそも自分を守るためにしてくれたことを、咎めることなどできはしなかった。

「なら、警備の騎士が増えたのも私のためだったんですね」

「そうだ。今のところ実際に誰かが君を付け狙ったり襲おうとしたことはないが、念には念をと思ったのだ」

「今のところは、この脅迫状だけ？」

「そうだ。だからこそ、犯人の目星はまだつかめていなくてな……」

ため息をこぼし、ラウルは脅迫状を懐にしまう。

「だがヤコフが調査をしてくれているし、じきに見つかるとは思う」

「それを聞いて、ヤコフが不機嫌な理由がわかりました。彼の懸念は、これだったんですね」

「犯人が捕まらず、焦っているようだな」

同じ状況だったら、ジナだって平然とはしていられないだろう。脅迫状が届き始めてもうずいぶんになるようだし、実害がないとは言え無視することもできない。

（でもいったい誰が……？）

こんなものを送りつけられるような恨みを買った覚えがジナにはない。

だが脅迫の内容からして、恨みがあるのは確実にジナの方だ。それも筆跡からして差出人は女性のようである。

（気づかないうちに、誰かを傷つけていたのかしら？　でもそも、女性の友達はあまりいないし……）

ラウルは女嫌いなため、同僚はほぼ男だった。騎士以外の使用人もほとんどが男性だし、侍女は数えるほどしかおらず、みな高齢だ。

唯一年頃なのはルドヴィカとカミラだが、彼女たちは絶対にあり得ない。

（だとしたら、犯人は男性……？　なら、この手紙は代筆かしら……）

いくつも浮かんだ疑問を処理しようと、ジナは腕を組んで考え込む。

そのまましばらく頭を悩ませていると、不意にラウルが、ジナの肩を摑んだ。

「……どう別れを切り出そうかと、悩んでいるのか？」

「え……？」

「言っておくが、私は絶対に君とは別れない。もしここを出て行くというなら、どこかに閉じ込めてでも引き留める覚悟だ」

「と、閉じ込める……!?」

なんとも物騒な言葉にジナは驚くが、ラウルは大真面目な顔である。

「ルドヴィカとフィビオからも、ジナが出て行くと言い出した時は何としても止めろと言われているからな」

「あ、あの二人まで物騒なことを考えているんですか？」

「そうでもしないと、君はここを出て行ってしまうだろう」

ラウルの言葉に、ジナは自分が誰かに狙われているのなら、ラウルたちの側にいるべきではないと今更気づく。

そのことになぜ思い至らなかったのだろうかと驚いていると、ジナをラウルがぎゅっと抱き寄せる。

「でもそれだけは許さない。君は私の妻だ、これからもずっと……何があっても……」

耳元でこぼれた囁きは、まるで愛の告白のようだった。

胸が震え、自然とジナはラウルの胸に頬を寄せる。

そうするのが当たり前のように身を寄せたところで、ジナは彼の側を離れるという選択肢がすぐに出てこなかった理由に気がついた。

（ラウル様の側にいることが、いつの間にか当たり前になっていたのね……）

結婚したばかりの頃なら、きっとジナはすぐにここを出て行くと言っただろう。

あの頃はまだ、ジナの心はラウルの騎士だった。彼を守ることが自分の全てだという気持ちだったのだ。

でも夫婦らしい日々を送るうちに、ジナの心は騎士から女へ、妻へと変化していったように思う。

ラウルを守りたいという気持ちは同じだけれど、彼に守られ大事にされることを自然と受け入れるようになっていた。

それが良いことなのか悪いことなのか、ジナにはよくわからない。彼と彼の家族のことを思えば、ジナは今すぐにでもここから離れるべきなのかもしれない。

でも自分を抱きしめるラウルの腕は「行くな」と全力で訴えている。そしてそれを無視することは、今のジナにはできそうもなかった。

だからジナは、ラウルの身体にそっと腕を回す。

「私は、ラウル様を危険にさらしたくありません」

「なら、やはり去るつもりか？」

「そうすべきだと思います。でも、私は……」

そこで言葉を切り、ジナはラウルの顔を見つめる。

「私はもうあなたの騎士ではなく、妻です。一度誓った結婚の約束を、一方的に破ったりはしません」

「なら、出て行ったりはしないか？」

「あなたが望まない限りは」

「望むわけがないだろう！　望まないからこそ、脅迫状のことを隠していたんだ」

ジナの答えにほっとしたのか、ラウルがより強くジナを抱きしめてくる。

「でもよかった。君が出て行かないと言えば、ルドヴィカやフィビオも安心する」

「私は、二人にも心配をかけていたんですね」

「むしろ、私以上にジナが出て行くのではと不安がっていた。それどころか、犯人をあぶり出すために囮になると言い出すに違いないと、ハラハラしていたよ」

そうならずによかったとラウルは笑うが、ジナはそこでハッとする。

「それ、すごくいい考えでは？」

「だ、だめだ、そんな危険なことはさせられない！」

「でも今のところ、犯人の目星はついていないんですよね？」

だとしたら、囮はすごく良いとジナは考える。

「それに、よければもう一度脅迫状を見せて下さい。あとヤコフの調査結果も是非」

「なぜだ？」

「この手で犯人を捕まえたいからです」

「だから、危険なことはだめだと言っているだろう！」

絶対に駄目だと言うが、ジナはもうすっかりその気になっていた。

「でもこのままではずっと怯えて暮らすことになりますよ？　それにこれは、ラウル様のお側にこれからもいるためです」

「だが、君にもしものことがあったら……」

「そうならないように、他の騎士とも協力します。無茶なことは絶対にしません」

手紙を読む限り犯人は女性のようですし、脚を悪くしたとはいえ、同性相手に遅れはとらない。

だから絶対に大丈夫だと豪語するジナの勢いに、ラウルは呑まれ始めている。

これは押せば行けると察したジナは、夫に優しく微笑んだ。

「ずっと一緒にいるためにも、どうか私にも捜査を協力させてください」

「ああくそ、そんなに可愛くねだられたら嫌とは言えないじゃないか」

可愛くねだったつもりはないが、頭を抱えるラウルを見るにジナの願いは叶ったも同然だった。

第六章

週末のデートを終え、城へと戻ってきたジナは早速ヤコフに捜査の協力を願い出た。

「それは、私の仕事に不満があるということですか？」

早速にらまれたが、ここで喧嘩をしても仕方がない。

「いいえ、ヤコフの仕事ぶりには満足しています。報告書も大変見やすかったですし、私のために心を砕いてくれたことはとても感謝しています」

「なら、なぜ囮などと……」

「いつまでも、この警備を維持しておくのは負担でしょう？　近衛騎士の数もさほど多くはないですし、他から応援を出してもらうのも申し訳ないですから」

ジナのためにと、皆は協力してくれている。だがそれも長く続けば負担になるのは間違いない。

「今後は私も公務に出ることもあるでしょうし、その際騎士を何十人も連れ歩く訳にはいかないでしょう？」

脅迫状の件が国民たちに露見し、いたずらに不安をあおるようなこともしたくない。だからラウルの妻として公の場に出るようになる前に、犯人を見つけたいという思いもあった。

それをヤコフは理解しているようだが、彼はそこで押し黙っているラウルに目を向ける。

「ですが大公様は、大変不服そうな顔をしておりますが？」

「不服か不服でないかと言われたら、不服に決まっているだろう」

「なら、なぜ止めないのです」

「ジナの元同僚なら、この子が言って聞かないのはわかっているだろう」

ラウルの言葉に、ヤコフが苦々しい顔をする。

「……だから、ジナの好きにさせてやってくれ」

「なら、彼女が危険に遭ってもいいと？」

「無論、大事がないよう取り計らってほしい。だが何もしないままで、犯人が見つかると思うか？」

肯定する代わりに、ヤコフは押し黙る。

「フィビオも、犯人につながる証拠が何一つないと嘆いていた。ならばここは、動くべき時だろう」

「しかし……」

「そもそも、犯人がジナに危害を加えるつもりかどうかも今のままではわからない。脅迫状だけの愉快犯の可能性もあるし、そのあたりのことも見極めねば」

「大公様がそうおっしゃるのでしたら……」

渋々ではあるが許可が出たことに、ジナは喜ぶ。

「なら、早速作戦についてお話しさせてください」

声を弾ませたジナを、ヤコフはギロリとにらむ。さすがに調子に乗りすぎたかと思ってしおらしくするが、ウキウキしているのが漏れていたのか、ヤコフはその日一日大変機嫌が悪かった。

翌日――、穏やかな秋晴れの昼下がりに、早速囮作戦は決行された。
その内容は至ってシンプル、ジナが一人で外出するというものである。
一人といっても、王家に嫁いだものには必ず護衛がつくためベルナルドは同行している。だが護衛は彼一人で、意図的にジナと少し離れて歩くことにしていた。もちろん本当に一人ではなく、彼女の道中には変装した騎士たちが潜んでいるが、彼らは巧みに気配を消していた。

また行き先も王都の西にある百貨店と決められ、表向きの外出理由は「ラウルへの贈り物を買うため」としている。

ジナが来店することは、すでに百貨店側に伝達済みだ。もちろん囮捜査の件は伏せているが、あえて情報を流したのは、犯人にジナが外出する事を伝えるためだ。

素性がわからないため実際に伝わるかはわからないが、とにかく今はやってみるしかない。

そもそも最初の一回で網にかかるとは誰も思っていないし、ジナも犯人の手がかりをつかむまではやめないと意気込んでいた。

その一方で、生きた心地がしないのはラウルである。

「……ジナは本当に大丈夫だろうか」

「気持ちはわかるけど、だからってこんなのぞきみたいなことしていいんですか?」

「なんだか、叔父様が犯罪者みたいよ?」

ラウルの左右で、呆れ果てた顔をしているのはフィビオとルドヴィカだ。

ちなみに三人は、デパートのそばに止めた車の中にいる。

三人で座るには狭い座席でぎゅうぎゅうになり、待機しているのには理由があった。

「そういうお前たちだって、のぞき見ているのは一緒だろう」

「仕方ないでしょう、ついてきちゃだめだって言われたんだもの」

ジナが囮を買って出たとき、一人では危ないから一緒に行こうとラウルとルドヴィカは提案した。

しかし「危険がわかっている場所に王族を連れて行けるわけがないでしょう」と即座に却下されたのだ。

ジナだって今は王家の一員だとルドヴィカは相当ごねたが、周りの騎士たちもこの三人の同行を断固許さなかった。特にヤコフは、恐ろしい顔で城から出るなと繰り返していた。

しかし何もせず待っていることができない二人である。

そしてそんな二人を黙ってみていられないフィビオまでがこうしてついてきた次第だ。

結果絶対に外に出ない約束で、三人は小さな車の後部座席に身を潜めている。

車の窓ガラスはカーテンで覆われ、その隙間から外をのぞいているのだが、道行く女性たちを見るとラウルの身体は強ばる。

昔と比べたらかなり平気になったが、それでもやはり苦手意識は完全に消えたわけではない。さらにこの地区は女性向けの百貨店やブティックが建ち並んでいるせいで、女性が多い。そんな往来を何時間も眺め続けていれば、さすがに息が苦しくなってくる。

（あぁくそ、私はジナが側にいないとてんでだめらしい……）

車の中にいれば大丈夫だと思ったが、考えが甘かったようだ。

往来ではしゃぐ若い女性の声に顔色を悪くしていると、やれやれといった顔でルドヴィカが何かを差し出す。

「……ほら叔父様！　ジナのハンカチよ！　これを握ってなんとか耐えて！」

もしもの時のためにとルドヴィカが持ってきたハンカチを握りしめ、ラウルは白い布地で口元を覆う。

彼女が使っている香水の匂いをしみこませているため、息を吸えばジナがそばにいるような心持ちになる。

「やっぱり、まだ完全に治ったわけじゃないのね」

「情けない限りだ……」

「むしろこれだけ治ったのが奇跡よ。それに、いざという時のためにもっとすごいものも忍ばせてあるから、だめそうだったら出すわね」

「すごいもの？」

尋ねると、ルドヴィカが何かをポケットから取り出そうとする。チラリと見えたのはまた別のハンカチのようだがこちらは黒いレース飾りがついている。

その色と形をラウルはどこかで見た気がしたが、気分が悪くなってきたためうまく思い出せない。

（すごいハンカチとは、一体どんなものなんだ……）

興味を引かれるものの、ルドヴィカがハンカチを取り出すより早く、フィビオが妹の手首をつかんだ。

「さすがにそれは、叔父上が変態になってしまうからやめるんだ」

「でもちゃんとジナに許可も取ってきたし」

「さすがに用途までは知らないだろう」

「叔父様が使うとは話したわ」

「……それ、絶対に誤解を生んでいるから後で事情を説明した方がいい」

「でもここにいたことがばれたら、ジナに怒られちゃうし」

言い争いを始める兄妹を、止めるべきか否かラウルは悩む。

ひとまず声を出す余裕がまだないため、そっとハンカチを握りしめていると、不意に車のエンジンがかかる。

（ジナが出てきたようだな……）

彼女は無事かと心配になり、ラウルはフィビオを押しのけるとカーテンの隙間から外をのぞき、硬直した。

（やはりこの通りは……女性が多すぎる……）

女性向けの商店が並んでいるので当たり前なのだが、ここまで多くの女性たちの側にいるのは久々なのでなおさらつらい。

「叔父様、ほらこれ！」

そこでルドヴィカに何かを手渡される。どうやら例のすごいハンカチらしいとわかり、先ほどのものとあわせて口元に当てた。こちらからもジナの香りがして少し落ち着くと、百貨店から出てくる彼女の姿が目に入った。

（よかった、特に何事もなかったようだ）

入り口まで見送りに来た店員たちに笑顔を振りまくジナは、いつも通りだ。少し離れたところに立つベルナルドも、緊張している様子はない。

（さすがに、いきなり網にはかからないか）

ほっとする反面、これは長丁場になりそうだと不安も覚える。

そして自分は、最後までまともでいられるだろうかとハンカチを握りしめる。

そのとき、ラウルは通りを横切り百貨店の方へと近づく女性がいることに気がついた。コートと帽子をまとっているので顔は見えないが、女性は脇目も振らずジナへと近づいていく。

普段感じる女性への恐れとは別の、恐怖を覚えたのはそのときだった。

「……ジナ！」

気がつけばフィビオを押しのけ、彼は車から飛び出す。

その間にも女はジナに近づいていくが、騎士たちは誰もそれに気づいていないようだった。

一番そばにいるベルナルドもまた、別の方向を見ている。唯一ヤコフだけが驚き駆け寄ろうとしていたが、彼は距離が遠い。

（くそっ、間が悪すぎる……！）

往来には車もあったが、いてもたってもいられずラウルはかけだしていた。

途中何度か女性と接触しかけたが、走り続けられたのは別の恐怖に支配されていたおかげだろう。

怪しい女はまっすぐにジナに近づき、小走りになっている。

その腕が妻へと伸びるのを見た瞬間、ラウルは車の間をすり抜け一気に距離を詰めた。

「ジナに触れるな！」

伸ばされた手をつかみ、ラウルは一気にひねりあげる。

痛みに女が悲鳴を上げ、ジナがはっと顔を上げた。

「ら、ラウル様……!?」

「ジナ、すぐに店の中に戻れ！　ベルナルド、来い！」

ひとまずこの女を捕らえようと指示を出すが、近づいてきた彼は妙な顔で固まっている。

それに違和感を覚えていると、なぜだかジナがラウルの腕をつかんだ。

「や、やめてください！　その子は犯人じゃありません！」

必死の形相に、ラウルは慌てて手を離す。

「大丈夫、カミラ……?」

「え、ええ……、平気……」

顔を上げた少女の顔に見覚えはなかったが、その名前と声には覚えがあった。

(たしか、ジナとルドヴィカの親友の名前が『カミラ』だったような……)

彼女はこんな顔だったのかとまじまじと見た瞬間、今更のように息が詰まる。

今すぐこの場から逃げ出したいと思うが、まずは謝罪をしなければとラウルは必死に耐える。

「ち、知人とは思わず、乱暴を働いてしまい大変申し訳ない!」

「い、いえ、いいんです! なんだか、間が悪かったようですし……」

ベルナルド以外にも騎士が潜んでいることに、カミラは今更気づいたのだろう。逆に謝る彼女に、ラウルは申し訳なくなる。

だが謝罪の言葉を重ねようとしたところで、ラウルの身体がふらついた。

ジナが支えてくれたが、それでもまだ気分がよくならないため、ルドヴィカから渡されたハンカチで口元を押さえる。

「な、なななな、なん……で……!?」

ジナが狼狽(ろうばい)し、カミラもまた目を見開いている。何が二人を戸惑わせているのかと思った直後、手にしていたハンカチをジナにいきなり奪われた。

「没収です」

「それがないと倒れそうなのだが……」

「それでも、これだけはだめです！」

いつになく鋭い眼差しに、ラウルは慌てて黙り込む。怒っているのか顔も真っ赤になっており、これ以上何か言ったら絶交でも言い渡されかねない雰囲気だ。

「色々言いたいことがありますが、ひとまず帰りましょう」

すぐ側にジナが乗ってきた車が止まり、二人はそれに乗り込む。

ラウルの状況を見かねたのか、ジナが彼をぎゅっと抱きしめてくれた。おかげでなんとか気分がよくなるが、心なしか抱きしめる腕の力が強すぎる気がする。

「ジナ……少し苦しい……」

「私、怒っているんです」

「それは、勝手についてきたからか？」

返事はなく、代わりにジナはにっこりとラウルに笑う。

（ああ、これは本気で怒っている。それもものすごく怒っている）

前にこの笑顔を見たのは三年ほど前だ。政務のために三日徹夜し、倒れたときにもこの顔をしていた。

そして徹夜は禁止だと、口を酸っぱくして言われたのだ。

（心配してくれたのは嬉しかったが、あのときのジナは怖かったな）

そしてあのとき以上の雷が落ちるのは明白で、ラウルはそっとジナの肩に顔を押しつける。

夫婦喧嘩——といっても多分ジナに一方的に怒られる形になるだろうが、二回目の喧嘩は、前の時より長引かなければいいなとラウルは祈った。

（本当に、ラウル様には困ったものだわ……）

ベッドに横たわり、唸っている夫の顔を見ながらジナは思わずため息をついた。

犯人が来るのを待っていたはずが、なぜかラウルが飛び出してきた騒動から半日が過ぎた。

ラウルは外出の疲れが出たのか、今は横になって休んでいる。

女性への苦手意識はもう殆どなくなったのかと思ったが、さすがに今日は無理をしすぎたのだろう。

眠る夫の額に汗がにじむのを見て、ジナはタオルでそっと拭う。

倒れてしまった彼に変わってルドヴィカたちに事情を聞けば、ジナが心配なあまり彼らはこっそりついてきたという。

（その上、ラウル様にあんなものを渡すなんて……！）

ジナは顔を真っ赤にするが、それは怒りではなく恥ずかしさからだった。

何せラウルが落ち着くようにと、ルドヴィカはとんでもないものを渡していたのである。

折りたたまれていたのでその正体に気づいたのはルドヴィカとジナ、そしてジナの着替えを手伝ってくれているカミラだけだったが、それでも恥ずかしいものは恥ずかしい。

（でも、もし誰かに見られたらどうするつもりだったのよ。ラウル様がド変態だって誤解されかねないじゃない……）

なぜなら、ラウルがハンカチだと思っていたそれはジナの下着だったのである。それを口に当てて外に飛び出してきたのを見たときは、いろいろな意味で心臓が止まるかと思った。

自分を心配してきてくれたのは嬉しいけれど、結果ラウルの命も評判も危険にさらすことになったと思うと、ため息がいくつも重なってしまう。

「……ん、ジナ……」

ようやく目が覚めたのか、ラウルがゆっくりと目を開ける。

彼はジナを見つけると、そこでとろけるような笑みを浮かべる。

昼間のことを咎めたい気持ちがあったのに、そんな顔を見せられたら何も言えなくなる。

（本当にずるい……）

寝ぼけているのか、ラウルがぼんやりしたままジナの頬に手を伸ばす。

ジナがそこにいることを確認するように、彼は頬を優しくなでた。

「気分はどうですか？」

尋ねると、ラウルはようやく自分が倒れていることを思い出したらしい。

笑顔がこわばり、いつ叱られるか彼はビクビクしはじめる。

（でも、やっぱりこれは怒れない……）

おびえる子供のような顔を見ると咎める言葉は出てこなくなり、代わりにそっとラウルの手を握った。

「怒っているのだろうな……」

「怒っていましたけど、元気になったのならもういいです」

「迷惑をかけるつもりは……なかったのだ……」

「あんなところにいたのに、ですか？」

「車の中なら平気だと思ったし、とにかく心配だったのだ。君に何かあったらと思うと、気が気でなくて」

「だからって、往来にまで飛び出すなんて」

「あれは軽率だったと反省している。騒ぎになってしまったし、私のせいで計画が犯人に気づかれてしまったかもしれない……」

「その点は大丈夫だと思います。少なくともあの場には、怪しい人はいませんでしたし」

さすがに自分をつけているものがいれば、ジナにはわかる。

だが今日一日歩いたが、人影はもちろん怪しい視線さえ感じなかった。

「騎士たちも周囲に注意を払っていましたが、怪しい人物はいなかったとのことです」

「そうか……」

「でも困りましたね。この前の旅行中でさえ怪しい人影は見かけませんでしたし、これは時間がかかりそうです」

「ま、まだ続けるのか」

「当たり前ですよ。犯人を見つけるか、こちらを傷つける気がないという確証を得ないと」

言いながら、ジナはそっとため息をこぼす。

そしてラウルの具合がよくなりつつあるのを確認した後、改めて脅迫状を見てみようと思い立つ。

犯人が現れない以上、手がかりはあの手紙だけだ。それに少し前から、脅迫状について気になる点があったのだ。

（この脅迫状、どうにもちぐはぐな感じがするのよね……）

文章の内容はジナに対する憎悪が感じ取れるのに、文字にはそれがないのである。むしろ文字は強ばって硬く、緊張感のようなものが感じられる。

(筆跡からして、脅迫状はすべて同一人物によって書かれているみたいだけど、本当にそうなのかしら……)

疑いの眼差しで、ジナは一通一通丁寧に目を通す。

そのとき、彼女はあることに気がついた。

(私の名前のところだけ、字の感じが少し違う)

その文字を眺めていると、どうにも見覚えがある気がする。

どこで見たのだろうかと頭を悩ませていると、ラウルがジナの側に立った。

「何か、気になることがあるのか?」

「この名前のところだけ、なんだか雰囲気が違う気がして」

「……確かに、ここだけ妙に感情がこもっているような気がするな」

文字の無機質さには、ラウルも気づいていたのだろう。

ジナの肩越しに脅迫状をのぞき込み、彼はふと考え込む。

「そして、どこかで見覚えがある」

「ラウル様もですか?」

「ああ、だがどこで見たのか……」

頭を悩ませるラウルを見て、ジナは小さな不安に駆られる。

「でもラウル様にも見覚えがあるとしたら、あまりよくない状況かもしれませんね」

彼は女性とあまり交友がなく、手紙のやりとりをする相手も限られている。さらにラウルは女性からの手紙には直に手を触れず、代読してもらうことが多かった。

唯一彼が直に目を通しているのは、例えばジナのような護衛や身の回りの補佐をする侍女たちからのメモくらいのものである。

（なら、もしかして犯人は身近にいる……？）

だとしたら、一体誰がと頭を悩ませていると、そこで部屋の扉が控えめにノックされる。

「失礼します。追加の調査報告書を持って参りました」

続いて聞こえてきたのはベルナルドの声だ。

ラウルが扉を開けると、彼は書類の束と軽食の載った盆を手にしている。

まさか彼の手作りかとラウルとジナが驚いていると、彼は「誤解しないで下さい」と苦笑した。

「そこでカミラから渡されたんです。昼間のお詫びだそうですよ」

差し入れはサンドイッチらしく、謝罪文らしきメモが添えられている。

「本当は直接謝罪したかったようですが、ラウル様にこれ以上負担をかけたくないといって預けられました」

「むしろ、私が謝罪すべきところなんだがな」

昼間のことを申し訳なく思っているのか、ラウルがため息をこぼす。

「カミラには、私から後で謝罪しておきます」

そもそも、囮のことを伝えていなかったのはジナの落ち度でもある。

これ以上周りにあれこれ言われたくないからと、カミラには囮捜査のことを伏せていたのだ。彼女にも、危ないからやめるべきだと言われるに違いないと思っていたのである。

だが奇しくもカミラも同じ日に外出しており、彼女は偶然会えた喜びから駆け寄ってきてしまった。

結果ラウルの勘違いが発動し、いらぬ大騒ぎを生んでしまったのはジナのせいだといえるだろう。

だから彼女には改めて謝罪せねばと思っていると、ベルナルドが軽食と共に報告書の束を手渡してくる。

早速書類をめくり、ジナは思わず顔をしかめる。

「これ、先生がまとめたものです？」

「よくわかりましたね」

「わかるに決まっているでしょう。こんな悪筆、他にいません」

もはや解読不能にも思えてくる報告書には、ラウルも苦笑いをしている。

（悪筆もそうだけど、先生は文章も結構おかしいのよね）

どちらかと言えば理知的に見えるのに、ベルナルドは根っからの武闘派だ。脳みそまで筋肉で出来ていると揶揄され、こうした報告書も解読には難儀する。

故に今までは、彼の部下であったジナやヤコフが書き直すことも多かったのだ。

「これ、私が書き直した方がいいですか？」

「ヤコフが『もうこれでいい』と言っていましたし、ジナが読めるのならいいかと」

「……まあ、読めなくはないですけど」

きっと書き直すのがいやで、ヤコフもさじを投げたのだろう。

「それに、内容もたいしたことは書いていないですしね」

「でも先生、以外と重要な事に気づいたりしますからね」

だから一度しっかり確認してみようと、ジナは書類に目を通す。

ただ悪筆ゆえに時間がかかるのは間違いない。

「ラウル様は休んでいてください」

ジナの言葉に、ラウルは一瞬不満そうな顔をする。だがジナの手元を見て、最後は渋々といった様子でうなずいた。

「さすがに今日は体調もよくないし、言葉に甘えよう」

「なら私は私室に……」

「いや、できるならここにいてくれ。君と、同じ部屋で夜を過ごしたい」

甘えるような声に、ジナはなんともいえずこそばゆい気持ちになる。

それが顔に出ていたのか、ベルナルドがにやりと笑った。

「じゃあ僕はお邪魔になる前に撤退しますね」

そしてサンドイッチをジナに押しつけ、彼は一目散に部屋を出て行った。

二人きりになるとなんだか少し緊張してしまったけど、ラウルは「安心しろ」と笑った。

「邪魔はしたくないから、今夜は何もしない。君を眺めながら眠るのも悪くないしな」

「み、見ていなくていいですから！」

「いや、見ている」

宣言通り、ラウルはベッドに横になったものの、しばらくジナから目を離さなかった。

視線が気になりつつも、今は報告書の解読に集中しようと自分に言い聞かせる。

程なくすると、ラウルの寝息が聞こえ始める。やはり今日の出来事は、彼にとって負担になっていたのだろう。

(今後はこういう無理はさせないようにしないと)

そのためにも手がかりを見つけなければと決意を新たにしていたとき、ジナはふとあることに気づく。

(……この報告書、なんだか数ページ抜けてるみたい)

抜けた箇所は不規則で、元々の文章が珍妙なため欠落には気づきにくいが、項目が抜けているのは間違いない。

書き損じて捨てたか、文章を考えるのが面倒になって省いたという事もベルナルドならあり得るが、それをヤコフが見逃したとは思えない。

(もしかしてあえて抜かれた……?)

先ほど、ジナはラウルの言葉から、犯人は身近にいる可能性を抱いた。

それが正しかったのだとしたらと、不安が大きくなる。

(でも、それなら一体誰が……)

何か手がかりはないかと、ジナは机の上に報告書や脅迫状を慌てて広げる。

「あっ……!」

そのとき、焦っていたジナはカミラが用意してくれたサンドイッチをバスケットごとひっくり返してしまった。

食べかけのサンドイッチが床に落ち、慌てて拾い上げようとしたところでジナの視線は添えられていたメモに縫い付けられた。

メモには昼間の謝罪と「ジナが無事犯人を見つけられますように」という応援の言葉が書かれている。

しかしその文字を見て、ジナはあることに気づいてしまった。

「……ジナ、どうかしたか？」

先ほどの声で目が覚めたのか、ラウルがゆっくりと顔を上げる。

無意識に、ジナはメモを後ろ手に隠して振り返る。

「な、何でもありません……」

思わず返事をしてから、ジナは自分の言葉に戸惑い迷う。

「ジナ？」

不安そうな顔で見つめてくるラウルに、ジナは言葉を詰まらせる。

その脳裏にはある『答え』が見え始めていたが、それは口にするのがはばかられることだった。

（もしこの考えが正しいなら……一体どうすればいいの……）

唇をかみ、ジナは気づいてしまった真実に打ちひしがれていた。

翌日は、朝からひどい雨が降っていた。
雷の音が時折響き、厚い雲に覆われた空からは光も差さない。
夜のように暗い空の下、まだ多くの人々が寝静まっている時間にもかかわらず、ジナは一人騎士団の詰め所へと向かった。

音を立てないよう慎重に廊下を進み、ジナが向かったのはヤコフの執務室だ。

彼はいつも誰よりも早くここに来て仕事をしている。今日もそうであってほしいという願いは叶い、叩いた扉の隙間からは光が漏れていた。

「ヤコフ、少しお話があるのですが……」

扉はすぐに開き、戸惑うヤコフの顔が現れる。

「こんな時間に一人で来たのですか？　ベルナルドは？」

「あなただけに相談したいことがあったから、こっそり出てきたんです」

人目を忍び、あえて雨に濡れながらやってきたせいでジナの身体はすっかり冷えていた。

震えるジナに気づいたのか、ヤコフは温かいお茶を入れてくれる。

「私だけと言いましたが、ラウル様には？」

「まだ言っていません。……まずは、そのあなたに相談したくて」

そこで言葉を切り、ジナはそっとヤコフを窺った。

「秘密が出来たら共犯者になってくれると、言っていたでしょう？」

ジナの言葉に、ヤコフは顔に喜びをにじませながら、応接用のソファに座るよう促した。

「それで、用件は？」

「脅迫状について、いくつかわかったことがあったんです。でも、それを口外すべきか迷っていて」

「それで、まずは私に相談を？」

「ええ。それに私が気づいた真相に、あなたも気づいている気がして」

ジナの言葉に、ヤコフはお茶を注ぐ手を一瞬止める。

「……真相、とは？」

「犯人についてですよ。あなたは、多分気づいていますよね？」

そう言って、ジナが差し出したのは昨晩カミラが夜食につけたメモだ。

メモを一瞥（いちべつ）したあと、ヤコフはため息をこぼす。

いつになく険しい表情を浮かべながら、彼はジナにお茶を差し出した。

「カミラが、犯人だと思うのか？」

声がこわばり、彼の敬語が崩れた。それがジナの勘が当たっていることを証明していた。

「字が似過ぎているんです。それにベルナルドから聞きましたが、あなたは最近よくカミラと一緒にいるとか」

尋問のような事もしているのをベルナルドは見ていた。そして彼の報告書の中で欠落していたのは、ヤコフとカミラのやりとりだということを、ジナは密かに確認している。

「それに昨日カミラが私に近づいたとき、あなただけが慌てていたと聞きました。それを聞いて、ヤコフは犯人が彼女だと考えているのではと思ったんです」

「だとしたら、俺に何を相談したい」

ヤコフの言葉に、ジナはためらうようにうつむく。

それから覚悟を決めるために、ヤコフが入れてくれたお茶を一気に飲み干した。

「カミラのこと、黙っていていただくことはできませんか？」

「本気か？」

「きっと何か、事情があると思うんです。それに今のところは脅迫状を送りつけただけだから、彼女を説得できれば……」

「もう悪事はしないと？」

そこで、ヤコフはくくっと喉を鳴らして笑った。

「騎士として正義を貫いてきたお前が、まさかそんなことを言い出すとは」

「カミラは友人です。だから、彼女を罪人にはしたくありません」

ヤコフを見上げ、ジナはすがるように彼を見つめる。

すると絡んだ視線に、わずかに危うい気配が漂った。

「まあ、いいだろう。ただし条件がある」

「条件？」

「黙っていてやる代わりに、俺は謝罪がほしい」

言葉と共に、ヤコフの指がジナへと伸びる。

指先は首筋をなぞり、ジナはビクッと身体をはねさせる。大げさとも思える反応に、ヤコフは満足そうに笑った。

「謝罪って……私が何か、しました……?」

尋ねる声が、ひどくかすれる。ジナは驚いたように喉を押さると、ヤコフの笑みが深まる。

「声が出にくいか?」

「な、……なぜ……」

「安心しろ、もう少ししたら逆に大声で泣き喚きたくなるはずだ」

ヤコフの視線が、そこでジナの手元のカップに注がれた。

驚き固まっている手から、彼はゆっくりとカップを取り上げる。

同時に、ヤコフはジナの手の甲をゆっくりとなでた。その手つきには、性的な欲望がありありとにじんでいる。

にもかかわらず、ジナはじっと固まったままだった。その耳元に、ヤコフが卑しく歪んだ唇を押し当てる。

「お前はもうすぐ、俺が欲しくてたまらなくなる。そしてあの脅迫状の通り、夫以外の男の手で乱れあえぐ、浅ましい女に成り下がる」

「……まさか、あなた……」

次の瞬間、ジナはヤコフの手によって、ソファに押し倒される。

「そして散々乱れた後、お前は泣きながら俺に謝罪するだろう。結婚の約束までしていたのに裏切ってすまないと、腰を振りながらな」

血走った目には狂気が宿り、喜びとも憎悪ともつかない激しさが言葉にはあふれている。普段の冷静なヤコフとは別人のような顔にジナは息を呑み、そして確信した。

「……あなた、だったの……？」

「ようやく気づいたか？　あの脅迫状は確かにカミラの字だが、書かせたのは俺だよ」

「な、ぜ……」

「お前が愚かで、ふしだらな女だと大公に教えるためだよ。あいつが素直に手放せば、お前を選ぶのは俺だけになる」

言うなり、ヤコフは縄を持ち出し、ぐったりと横たわるジナの両手首を縛った。

「でもあいつはお前を手放さないし、そろそろ別の手に打って出ようと思っていたんだ」

だから手が省けたと、笑うヤコフをジナは弱々しくにらむ。

「そんな顔をしなくていい。お前は、俺がずっと好きだったんだろう？」

「好き……だなんて……」

「いい加減素直になれよ。お前の気持ちはちゃんと知ってる」

ジナを見つめる眼差しは、どこかおかしい。でも彼は、自分の言葉に確信があるようだった。

「だから結婚を申し込んでやったのに、大公に邪魔されるなんて思わなかった。でも今度こそ、俺が最後までお前を愛してやる」

「私は……、あなたなんて……」

「そうやって、つれないふりをするのはもうやめろ。お前は俺のものになりたがっていたはずだ」

かみ合わない言葉にジナは不快感を覚えるが、そのまぶたがゆっくりと閉じ始める。

そこでようやく、ヤコフがわずかに慌てだした。

「あくそ、ちょっと薬の量が多すぎたか」

倒れたジナの上にまたがりながら、ヤコフがジナの頬をはたく。しかしジナは目を開けず、彼はうんざりした顔で息を吐く。

「仕方ない、誰かが来る前に運ぶか……」

ぐったりしているジナを担ぎ上げようとして、そこでヤコフは魅入られたような顔になる。

彼の視線の先にあったのは、ぐったりと目を閉じたジナの美しい顔だ。力なく横たわるその姿を上から下までじっくりと眺めた後、ヤコフはゴクリと喉を鳴らす。

そして彼はジナのそばに跪き、唇にそっと顔を近づけていく。

しかし唇が重なる直前、閉じていたジナの瞳が大きく見開かれた。

「あなたなんかに、唇を許すとでも？」

次の瞬間、縛られた手を巧みにひねり、ジナがナイフを取り出した。

素早く翻った刃は、ヤコフの首筋にしっかりと押し当てられる。

「お、お前、なんで！」

「本当はもうちょっと喋ってもらいたかったのですが、さすがに唇は許せません」

先ほどまでぐったりしていたのが嘘のように、ジナの言葉も表情もはっきりしている。

手は拘束されたままだが、ナイフを押し当てる手つきには迷いが全くなかった。

そこでようやく、ヤコフは状況を理解したらしい。

「まさか、だましたのか⁉」

「それはあなたの方でしょう？」

にやりとジナが笑うと、ヤコフはナイフの刃をよけるようにぐっと身体を引く。

反撃に備えてジナは身構えるが、彼は逃亡を選んだようだ。

騎士らしくない無様な動きで、ヤコフはドアまで駆けていく。だが彼が取っ手に手を伸ばすより早く、扉は外側から開いた。

「いったい、どこへ行くつもりだ？」

扉の向こうから現れたのは、剣を手にしたラウルだ。

その背後には騎士たちもおり、彼らはすぐさまヤコフを包囲する。

「ラウル様、そちらの首尾は？」

「ベルナルドがカミラを見つけた、彼女は無事だ」

ラウルの言葉に、ヤコフの顔色がみるみる悪くなる。

「い、一体いつから気づいて……」

「ほんの数時間前だよ。私の妻は、とても聡い人でね」

「そして私の夫は、とても有能な人なんです」

ジナが事件の真相に気づけたのは、ラウルのおかげであると言っても過言ではないだろう。


今から遡ること六時間ほど前、ジナはカミラからのメモを見て、脅迫状の文字が彼女のものだと気づいた。

動揺と友に裏切られていたショックでひどく取り乱していたが、自分の導き出した答えが事実なら、今すぐにでもカミラを捕まえなければならないと言うことはわかった。

でもそうしてはいけないと、なぜかジナの心は訴えていた。

それが友を救いたいという気持ちから来るものなのか、別の要因から来るものなのか迷っていたとき、ラウルが寄りそってくれたのだ。

『困っていることがあるなら、話してくれ』

妻の力になりたいと訴えるその声に背中を押され、ジナは夫に自分の考えを打ち明けた。そして彼は『ジナは相手が罪人であるなら、たとえ友人でも同情だけで救おうとはしない。だからもう一度冷静になって考えてみるといい』と言ってくれたのだ。

その言葉のおかげで、ジナはもう一つの答えを導くことができたのである。

「ラウル様の言葉で、私はカミラが真の犯人ではないと気づけたのです。彼女はあえて自分が脅迫状の書き手だとばれるような行動をとった。その意味について考えるきっかけをラウル様がくださった」

カミラからのメモは、自分の関与を示すためではなく助けてほしいという意思表示だとジナは考えた。

だが時遅く、カミラの部屋に向かうと中はもぬけの殻だった。代わりにあったのは、自分が脅迫状を書いたという告白文だ。

告白文には、彼女が密かにラウルを思い慕っていたこと。だからジナに嫉妬を覚えて脅迫状を出したのだと書かれていた。

でもジナは、それが本当だとは思えなかった。もし手紙で告白するつもりなら、事前にメモで自分が犯人だと示す必要はない。

「カミラを利用した者がいると、思い至るまでに時間はかかりませんでした。そしてその者は城の人間だということも」

メモという回りくどい方法をとったのも、真犯人に見つからないようにという配慮からだろう。つまり、相手はカミラの動きを近くで監視できる人間だ。

そこで思い出したのは、ベルナルドの報告書にあった欠損だ。

あれもまた、外部の人間にはまず不可能なことだと気づき調べた結果、報告書に手を加えることができたのは、ベルナルド本人をのぞけばヤコフだけだった。

「ヤコフが怪しいとわかり事情を聞こうとしたら、あなたもまた城から消えていた。ならばカミラも一緒だと思い、騎士たちに急いで後を追ってもらったんです」

そして城に残ったジナたちは、彼の私室や執務室に忍び込みこっそり中を調べたのだ。

しかし、脅迫状に関わる証拠は何一つ残っていなかった。

唯一怪しかったのは、茶器の隙間に隠されていた薬だけだったが、その成分も調べないことにはわからない。

そうなるとヤコフの関与を示せるのはカミラだけとなるが、彼女がいなくなったのは十中八九ヤコフのせいだろう。命が脅かされている可能性もあり、一刻の猶予もない。

だからジナたちは罠を張ることにしたのだ。

自ら尻尾を出してくれれば、すぐにでもヤコフを押さえられる。そして証拠があれば尋問も可能になり、もしカミラが見つからなくても居場所を吐かせることもできると踏んだのだ。

「さて、カミラも見つかった今、逃げ場はないぞヤコフ。改めて、真実を話してもらおうか」

ラウルの言葉に、ヤコフはがっくりと膝をついた。

負けを悟った彼には、もはや騎士としての矜持はかけらも残っていないようだった。

第七章

長い尋問の末、ヤコフは自分のしたことを話し、脅迫状に関する顚末は明るみに出ることになった。

すべての始まりは、ヤコフが抱くジナへの恨みと——歪んだ愛情だった。

彼は一目会ったときから、ジナに恋愛感情を抱いていた。あの横柄な振る舞いも彼にとっては愛情表現の一つであり、ジナもまた自分を愛していると勝手に思い込んでいたのだ。

そして彼は騎士をやめたジナが自分と結婚すると信じていたらしい。つまり、彼が言っていた自分を裏切った婚約者とは、ジナのことだったのである。

もちろんジナにそんなつもりはなく、ヤコフからの結婚の打診を矢の早さで蹴った。それを、ヤコフは裏切りととったのだ。

怒った彼は私怨から彼女の醜聞を広め、評判をおとしめた。そうすれば自分以外に相手はいなくなり、泣いて謝ってくると思っていたのだろう。

だがそこにラウルが現れ、計画は狂った。

なんとか阻止しようにも、王族の結婚を邪魔すればただではすまない。

それでもどうにか結婚をやめさせようと考えていたとき、ヤコフはジナの友人であるカミラの実家が問題を抱えていることを知ったのだ。

彼女の実家は両親が病に倒れたせいで、貧窮していた。

カミラの稼ぎだけでは大家族を支えきれず、下の子供を学校に通わせることも難しい有様だったのである。

もしルドヴィカやジナに話してくれていれば援助の申し出をしたところだが、親しい友達だからこそ、金の無心をすることにためらいを覚えてしまったのだろう。そしてその矢先、ヤコフが言葉巧みに近づいてきたのである。

彼は援助をする代わりに、自分を陥れた婚約者に復讐（ふくしゅう）する手伝いをしてほしいと頼み込んだ。作り話で同情を誘い、「代筆だけだ」とすがるヤコフにカミラはすっかりだまされていた。

それに彼女はジナがヤコフを嫌っていたのを知っていたから、婚約者が親友だとは思いもよらなかったのだろう。

最初の脅迫状には名前の記載をあえてせず、脅迫状を送りつけた後、ヤコフはそれが大公とジナ宛だとカミラに告げた。

罪を犯したことはもちろん、親友を陥れてしまったことにカミラは激しく後悔したが、やめられなかったのはヤコフに強く脅されたせいだ。

時に暴力を振るい、家族にさえ危害を加えると言い出したヤコフに、気弱な彼女は抗えなかった。

しかし脅迫状をいくら出そうとも、ラウルは婚約を取りやめなかった。

更にジナが捜査に加わり囮になると言い出したことで彼は焦ったのだろう。

ヤコフは誰よりもジナの優秀さを知っていた。だから自分のことに気づくのではと気が気ではなかったようだ。

一方カミラも、ジナが捜査に加わったのならいずれ罪が露見すると察した。

ならば自分からすべてを話そうと決めたものの、ヤコフの監視は厳しい。

だからカミラは、囮捜査の時に話しかけてきたのだ。あの瞬間ならヤコフに止めようがないと彼女は思ったようだ。

けれどラウルが飛び出してきたせいで、告白はうやむやになってしまった。そしてカミラがすべてを打ち明けようとしていると察したヤコフは、彼女を犯人に仕立て上げすべての罪を着せようと、思い立ったのである。

だが、ジナの気づきによってヤコフの罪は露見し、連れ去られたカミラも見つかった。少し乱暴をされたようだが怪我は軽く、病院に搬送された彼女の命に別状はない。

カミラは罪を犯したが、情状酌量の余地があると判断されるだろう。侍女には戻れないかもしれないが、それでもルドヴィカとジナはカミラとの友情を捨てるつもりはなかった。だから二人は、すべてが明らかになってすぐ親友を見舞いに訪れた。

「本当にごめんなさい……」

現れた二人に、カミラは泣いて詫びた。そんな彼女に、ジナたちはそっと寄りそう。

「あなたは悪くありません。むしろ、大変なときに何も気づけなくてごめんなさい」

「私も、ずっとそばにいたのに気づけなくてごめんね」

涙ながらに抱擁を交わし、ジナたちは互いに謝罪の言葉を口にする。

するとカミラは、泣きながら二人を押しのけようとした。

「二人が、謝る必要なんてない……。全部私が……」

「元はといえば、私がヤコフの好意に気づいていなかったのがいけなかったんです。それに、カミラは犯人のことを頑張って伝えようとしてくれたでしょう?」

言いながら、ジナは彼女が最後に託してくれたメモを取り出す。

「でも、私ができたのはこれだけ……。怖くて、何も……何もできなくて……」

「これだけじゃありません。カミラは、ずっとヒントを送り続けてくれていました」

どの脅迫状も、「ジナ」と書かれた文字だけは、彼女の気持ちが詰まっていたように思う。

気づいてほしい、助けてほしいという気持ちがこもっていたからこそ、メモを見てすぐ違和感に気づけたのだ。

「カミラはちゃんと戦っていました。だから、そんなに自分を責めないでください」

ジナの言葉に、カミラの目からぽろぽろと涙がこぼれる。

ジナはそっとめがねを外してやり、ルドヴィカがハンカチで涙を優しく拭った。

すべてが元通りにはならないかもしれないけれど、三人の友情はこれからも変わらないだろう。

だから今は涙を流しても、いつかまた三人で笑い合える日が来るとジナは信じていた。

(これで、ひとまずは一件落着ね)

カミラの見舞いを終えて城へと帰ってきたジナは、ようやく息をつくことができた。

ジナの顔が疲れていると気づいたのか、ラウルは彼女をすぐに抱き寄せてくれる。そのまま離れがたい気持ちになっていると、彼はジナをソファへと誘う。

「おいで」

優しく呼ばれ、先に座ったラウルが膝の上に座るよう促す。

普段なら恥じらうところだけれど、今日は誰よりも夫のそばにいたい気持ちだった。

おずおずと膝の上に座れば、改めてラウルがジナを抱きしめてくれた。

ねぎらうように背中や頭をなでると、張り詰めていたものが少しずつほどけていく。

「ラウル様、ありがとうございます」

「私は、礼を言われるようなことはしていない」

「でもヤコフを捕まえられたのは、ラウル様がいてくださったからこそですから」

ジナを全面的に信じ、ベルナルドたち騎士を自由に動かす許可も彼はくれた。さらに彼はフィビオと協力しヤコフに厳重な罰も与えてくれるという。

「妻の安全のために動くのは当たり前のことだ。そもそも、ヤコフの異常性を見抜けなかった落ち度は私にある」

ヤコフはジナと共にラウルの護衛だった。そのときから彼はジナに思いを寄せていたが、それに全く気づけなかったことを彼は気にしていた。

さらにヤコフは、他にもいくつかの違法行為を行っていた。彼の出世を決めた手柄の裏に、麻薬組織との関与があったのだ。

ヤコフは薬物を常習していた可能性があり、感情が不安定なのもそのためだったのだろう。

また彼が隊長になるきっかけになった手柄も、知り合いの麻薬組織を売ったことによるものだった。

彼は前々から知っていたアジトの場所を、偶然見つけたと装って密告したのである。まさか売人たちも、買い手の中に騎士がいるとは思っていなかったのだろう。

「ヤコフの本性を見抜けなかったのは、私も同じです。悪事を重ねていた上に、まさか好かれていたなんて……」

「君は魅力的な女性だから好かれるのはわかる」

言いながら、ラウルはジナを抱きしめる腕に力を込めた。

「だから君が一人でヤコフに会いに行くと聞いたときは、気が気ではなかった」

「正確には一人ではありません。ラウル様だって、外で待機してくださっていたじゃないですか」

「だが部屋で二人きりだ。ヤコフは妙な薬を所持していると聞いたし、君の身に何かあればと肝が冷えたよ」

部屋に隠してあった薬は事前に無害なものと入れ替えていたが、別のものがあったらとラウルは不安を抱いていたようだ。

「そのときは、ラウル様が助けてくださるだろうと信じていましたので」

「そのつもりだったが、万が一という時はある」

ジナの無事を確認するように、ラウルがジナの頬をそっとなでる。

「私はもう君なしでは生きられない。それを肝に銘じておいてくれ」

切実な声によって紡がれた言葉は、まるで愛の告白のようだった。さらにそっとキスまでされると、都合のいい夢を見ているのではないかとさえ思う。

短いキスの後、ラウルは改めてジナを抱きしめる。

「ちゃんと、聞いているのか?」

「き、聞いています」

「私はできるだけ君を自由にしてやりたい。でも今回のような事が続くと、部屋に閉じ込めてしまいたくなるだろうな」

「そういえば、前にも似たようなことをおっしゃっていましたね」

「あのときも割と本気だった。だが……」

そこでラウルが小さくため息をつく。

「よこしまな考えだという自覚はある。……それに君は、私のそばにいない方がいいのかもしれないと、本当は少し思っている」

「そ、それはどういうことですか……?」

先ほどとは真逆な言葉に、ジナの胸に焦りがよぎる。

やはり愛の告白に聞こえたのは幻聴だったのだろうかと不安を覚えていると、ラウルがジナからそっと腕を離した。

「囮になると言ったとき、君はとても輝いていた。ジナは根っからの騎士だと、改めて思ったのだ」

「もしかして、張り切りすぎてご迷惑でしたか？」

「そんなことはない。むしろ君のおかげでヤコフを捕まえられたことには大変感謝している」

ただ……と、そこでラウルはうなだれる。

「私の妻でいるよりも、騎士として働いていた方が君は幸せかもしれないとふと思ってしまったのだ」

「そんなことはありません。それに、私はもう剣を握ることはできませんから」

「剣を握り、戦うだけが騎士ではないだろう。君の判断力や観察眼、それに勇敢さは貴重だ。もし私の妻でなかったら、今頃騎士に戻ってほしいと頭を下げに来る者が大勢いるぞ」

「なら私が騎士に戻りたいといえば、離縁してでもかなえてくださると？」

「君が、それを望むなら」

ラウルは静かに肯定した。

でもその声と顔を見て、ジナはようやく気づく。

（でもラウル様は、騎士ではなく妻でいてほしいと思ってくださっているみたい）

口を引き結び、何かをこらえるその顔は、かつての自分を彷彿とさせた。ラウルに愛されたいと願いながら、それはあり得ないと本当の気持ちを打ち消していた頃の自分とよく似ている。

だからようやく、ジナは気がついたのだ。

「ラウル様は、私を愛してくださっているのですか……?」

問いかけに、ラウルが弾かれたように顔を上げた。

驚きのあまり言葉が出てこないようだが、なぜ気づかれたのかと焦っているのは一目瞭然だ。

「愛していたから、妻にしてくださったのですか?」

なおも問いかけると、ラウルは観念したようにうなずく。

「愛していた。だからこそ手を伸ばすべきではないと思っていたのに、私は君を求めてしまった」

「なら、あの王女からの求婚というのは……」

「あのときは、君にどうしても断られたくなくて嘘をついたのだ」

すまない……と謝罪の言葉を重ね、ラウルはそっとジナの手を取る。

「責任をとると言いながら、本当は私自身のために君を娶った。そして脅迫状が届いたときも本当は少しほっとしていたのだ。側にいる口実ができたと、心のどこかで思っていたように思う」

　ラウルはうなだれ、彼自身を嘲るように笑った。

「愚かな自分を隠したくて、好意すら伝えられなかった。そんな私と一緒にいるよりは、きっと――」

「愚かだなんて、思いません！」

　ラウルの言葉を遮り、ジナは断言する。

「だって愚かなのは、私も同じだから」

　そして今度は、ジナの方からそっとラウルの唇を奪った。

「好意を伝えられなかったのは、私も同じです。それに私は騎士としても半端者でした」

　だってジナが騎士としてあり続けたのは、ラウルの側にいられるからだ。

　彼を守ることが、愛する人の隣にいることだけが彼女にとっては生きがいだった。

「大義も何もなく、ラウル様といたいという気持ちで騎士を続けていました。だから全然立派じゃなくて、今だって騎士に戻る事なんてかけらも考えていなくて」

「なら、もしや君も……」

「ラウル様を愛しております。そして叶うことなら、騎士ではなく妻としてそばにいたいと願っていました」

　ずっと伝えられなかった思いの丈を、ジナはようやく打ち明けることができる。

隠していた気持ちはラウルの顔に笑顔をもたらす。

「ああ、まるで夢のようだ」

「私もこれが本当に現実なのかと、ちょっと疑っています」

「それはこちらの台詞だ。私のような男を君が愛してくれていたなんて」

「あなたは立派な方です」

「女性が苦手な男でもか？」

「……正直、そういうところが少し可愛いと思っておりました」

ごめんなさいと謝ろうとしたが、謝罪の言葉はラウルの口づけに奪われる。

「君は、私をどこまで喜ばせれば気がすむ」

キスは一度では終わらず、二度三度と続いた。

唇を重ねるたび、これは夢ではなく現実なのだと実感する。

（でもまだ、足りない……。もっと好きだって感じて、伝えたい……）

だからジナはラウルの首に手を回し、いつになく強い力ですがりつく。

「ラウル様、私……」

「ああ、同じ気持ちだ」

ラウルがジナを抱え、ベッドへと向かう。わずかな距離ながら二人はふれあいが我慢できず、きつく抱き合いながら、さらに深く唇を重ねた。

ラウルの髪を掻き撫でながら、ジナは舌を彼の口腔へと忍ばせる。

差し入れた舌はすぐさまラウルに絡め取られた。唾液と舌をすり合わせながら、キスを深めるにつれ呼吸がままならなくなってくる。

それでもやめたくなくて、息が乱れるまで二人はキスに溺れた。

「……ジナ……」

ラウルもわずかに息を乱し、かすれた声でジナの名を呼ぶ。

それだけで胸がキュンと締め付けられるのは、声にこもった愛の深さに気づいたからだ。

ジナを愛していると、ジナのすべてを欲しているのだと彼は訴えている。

ようやくベッドにたどり着くと、二人は互いの衣服に手をかけた。

言葉はなかったが、見つめ合えば互いに考えていることは同じだとわかる。

先にジナが衣服をすべて脱ぎ、ラウルの手によってベッドに横たえられた。

続いてラウルも着衣を取り払い、ジナの上に重なる。

彼の剛直はいつになく逞しく、今すぐにでも妻を貫きたいと訴えている。猛々(たけだけ)しい肉棒に、ジナは期待と喜びで身体を震わせた。

「今すぐ、つながりたいです」

「さすがに、いきなりはつらいだろう」

「でも、ラウル様が反応してくださっているのは私だからだと、実感したくて」

ジナの言葉に、ラウルが苦しげに顔を歪ませる。

「そんな可愛いことを言われたら、我慢ができなくなる」

「私も、今日はできそうもないです……」

「ああくそっ、君は私をかき乱す天才だ」

ぐっと脚を開かれ、ラウルのものが入り口に押し当てられる。

それだけでヒクつく隘路は、しっとりと濡れていた。

「……ああ、ッ……！」

楔(くさび)が打ち込まれ、あまりの激しさにジナはシーツをぎゅっと握りしめる。

「すまない、痛んだか……？」

「いいえ、……ただ、嬉しくて……」

愛する相手とつながれた充足感に、ジナは身もだえながら涙ぐむ。

「私も、嬉しくて幸せだ」

「……ラウル、様も……？」

「当たり前だろう、何年君を想い続けてきたと思っている」

ラウルは身体を倒し、シーツを握りしめていたジナの指をそっとほどく。

それからぎゅっと手をつなぎ、二人は甘く見つめ合った。

「片想(かたおも)いなら、私だって……」

「そう思うと、ずいぶん遠回りをしてしまったな」

「でも……、ようやくたどり着けました」

身体だけでなく、心もまた深くつながっている。彼はジナの唇を優しく奪った。

満ち足りた気持ちはラウルも同じようで、二人の肌が熱を持ち始める。隘路を塞ぐ剛直は大きさと力強さを増し、ジナの肉壁がせかすようにうねった。

キスは長く続き、ピタリと合わさった二人の肌が熱を持ち始める。

「ああ、そうか。君の中は……ずっとこうして、私を愛していると言ってくれていたのだな」

ラウルの荒れた息とかすれた声が、ジナの耳朶をくすぐる。

ラウルのものをきゅっと抱きしめる媚肉は、彼の言うとおり言葉よりも雄弁だ。

(そうだ、私……ずっとラウル様を求めていた)

言葉の代わりに、淫らな方法でジナは愛をささやき続けていたのだ。

「くっ、そんなに締めあげないでくれ……。君の中は熱くて、入れただけで持って行かれそうだ」

「なら、我慢など……しないで……」

もっと私を求めてむさぼってと、ジナは隘路だけでなく、全身を使ってラウルを求める。

彼の腰に脚を絡め、早くちょうだいというように濡れた瞳を夫に向けた。

ジナの望みに、ラウルはすぐさま応えてくれる。

「……あっ、ラウル……さま、ッ……」

隘路をかき回すように。ラウルが腰を穿ち始める。

歓喜に身体が震え、ジナもまた夫に合わせて腰を揺らした。

前戯もなくつながったというのに、痛みや違和感はなく心地よさばかりが募っていく。

めまいを覚えるほどの甘い愉悦に、ジナの身体が淫らに揺れた。

いつの間に自分はこんなにも淫らになったのかとわずかな恥じらいが芽生えるも、それも程なく霧散する。

「君が、こうして乱れていたのは、私を愛してくれていたからなんだな」

そんな言葉をかけてくるラウルは心の底から幸せそうで、ならば淫らな自分を恥じたり隠す必要もないのだと思えた。

「ええ、あなたッ、ん……、だった、から……」

「私も同じだ。君でなければ、ルドヴィカに何を飲まされても反応さえしなかっただろう」

自分が特別だったのだと言葉にされるのは何よりも嬉しかった。

だから恥じらいを捨て、ジナは自分からラウルの唇を奪いにいく。

突き上げる動きが激しさを増し、つないだ手がより強く絡み合う。

「あ、きちゃ、う……、んっ、ああっ……」

ジナを追い詰めるように、硬くなった先端が隘路に隠された感じやすい場所を的確に突いた。生み出された喜悦は全身に広がり、喘ぎ声が止められない。

「あ、あぁ、ッやぁ、す、ごい……」

こぼれる蜜の量も増え、剛直が抜き差しされるたびに、ぐちゅんという卑猥（ひわい）な水音が部屋に響く。

「ああ、私も……。達ってしまいそうだ……」

ラウルの呼吸が乱れ、速まっていく。

今にも達しそうな声が耳朶をくすぐると、それだけでぞくぞくとした甘いしびれが全身を駆け抜けた。

「なら、一緒に……」

「……ああ、共にいこう、ッ……」

息を合わせ、二人は全身で愛を伝え合う。

「好きだ、……君が好きだ、ジナッ……！」

「好、き……ッ、ラウル、さま……、大好き、です……」

何よりも言葉で伝え合えるのが嬉しくて、二人はお互いの名前と愛の言葉を囁き合いながら熱を高めていく。

狂おしいほどの愛と愉悦はジナを瞬く間にとろけさせ、絶頂はもう目の前だった。

「永遠に、君を……はなさない。愛して、愛し尽くしたい」

「嬉し、い……、ああっ、ラウル様……ラウル様……、もう、私……」

「ああ、ジナ……ッ」

愛の言葉を積み上げながら、二人はついに溶け合い一つになった。

激しい愉悦の中で、ジナは夫の愛を受け入れる。

（愛しています、ラウル様……）

まだ声は出せなかったけれど、今度は心と視線で愛をささやく。

それを見つめ返すラウルもまた、同様に愛をささやいてくれている気がした。

エピローグ

「今日は倒れない。絶対に、倒れない」

呪文のように同じ言葉を繰り返しながら、ラウルは鏡に映る自分と見つめ合っていた。

言葉とは裏腹に今にも倒れそうなほど緊張した顔だが、今日だけは何としても踏みとどまるのだと自分に言い聞かせる。

「叔父上、そろそろ行かないとジナが待ちくたびれていますよ」

そんなラウルに呆れた顔を向けているのはフィビオだ。

「わかってはいる……」

「大丈夫ですよ。前のような失態はさすがにないでしょう」

「だが、今日のジナは絶対に綺麗だから、私の心臓が止まるかもしれない」

なぜなら今日、ラウルとジナは『結婚式』のやり直しをするのだ。

前回はラウルが倒れ、式は台無しになった。ジナはドレスも着られず、そのことを残念に思っているという話をラウルは妻の口から聞いたのだ。

そしていてもたってもいられず、もう一度あの日のやり直しをさせてくれと懇願したのである。

今回は教会ではなく城の庭園ではあるが、結婚に立ち会う司祭にも来てもらっている。

またアマンダも夫と共に遊びに来ており、式の後はささやかな披露宴も行うつもりだ。

（今度こそ、はっきりと意識を保ったままジナのドレス姿を目に焼き付けたい）

決意を新たにし、ラウルは大きく息を吸う。

「叔父様！　いい加減に出てきてください！」

気がつけばルドヴィカまでやってきて、フィビオと二人がかりでラウルをせかす。

「よし、覚悟は……決まった……」

「覚悟って、二回目なんだから気楽でいいのよ」

「ルドヴィカの言うとおりですよ。それにもし倒れたとしても、ジナなら笑って許してくれます」

「そうそう。それに今回がだめならまた次があるわよ！」

二回でも三回でも好きなだけやればいいのと笑う二人に、ラウルの緊張がようやくほぐれる。

（そうだな、ジナならきっと何度でも挑戦させてくれるだろう）

そんな気づきを与えてくれた二人を、ラウルは抱き寄せる。

「ありがとう。今日を迎えられたのも、お前たちのおかげだ」

「その台詞、できたら一回目の時に聞きたかったですね」

「あのときは今以上に緊張していたからな」

それにとても不安だったのだ。ジナと結婚できるとはいえ、それは始まりに過ぎない。

彼女を幸せにできるのか。夫婦らしい生活を送れるのかと、そればかり考えていた気がする。

「叔父様は立派な方よ。だから胸を張って、ジナに会いに行って」

ルドヴィカの笑顔にラウルはうなずくと、妻の待つ控え室へと急いだ。

控え室の扉は開かれたままだったので、扉を叩く代わりにラウルはそっと名前を呼んだ。

「はい、どうぞ」

帰ってきた声はほんの少しだけこわばっている。緊張しているのは自分だけではないとわかり、ラウルはほっとした。

「待たせてすまない」

部屋に入ると、そこにはウェディングドレスに身を包んだジナが立っている。

あまりの美しさに意識が飛びかけたが、今度こそは倒れるものかと踏ん張る。

「ああ、君は世界で一番美しい」

「お、大げさです……！」

照れる顔もまた美しいと思いながら、ラウルはジナへと近づいた。

白い手袋に包まれた手を取り上げ、その指先にそっと口づけを落とす。本当は唇を奪いたかったが、それは誓いのキスまで取っておこうと決めていた。

「ご気分は大丈夫ですか？」

「ああ、とてもいいよ」

「確かに最初の時よりお元気そうですね」

「あのときだって、気分が悪かったわけではない。君が美しすぎて、興奮のあまり意識が飛んだだけだ」

「そ、そんな理由だったんですか……!?」

驚くジナに、ラウルは恥じらいながらうなずく。

「こんなにも美しい人がいたら、普通意識が飛ぶだろう」

そう言って微笑むと、ジナがそこでラウルから顔を背ける。

「ん？　どうした？」

「普通は飛ばないと否定するつもりだったのですが、今少し、気持ちがわかってしまって」

チラリとラウルに視線を戻してから、ジナはまたすぐ足下に視線を縫い付ける。

「今日のラウル様はとても凛々しいから、私も一瞬飛びそうになりました」

「ジナ、そんな可愛いことを言われたら本当に倒れる」

「ラウル様もそんなキリッとした顔をしないでください！　私には刺激が強すぎます！」

今にも倒れそうだというジナを、ラウルは慌てて抱き寄せる。

「君が倒れそうになったら、頑張って支えよう」

「わ、私も……ラウル様が倒れそうなときは頑張ろうと思います」

お互いに頑張ろうと言い合う状況がだんだんとおかしくなってきて、二人は思わず笑顔を重ねる。

「今のは、誓いの言葉のようだったな」

「病めるときも健やかなるときも、倒れそうなときもお側におります」

「私も、君を守り支えると誓おう」

手を取り合って、二人は気の早い誓いの言葉を口にする。

「だめだ、キスを我慢できそうにない」

「私もです」

誓いのキスには少し早かったけれど、二人は愛を確かめるように唇と笑顔を重ねた。

あとがき

『女嫌いな大公閣下は初恋の花嫁をとろとろに愛しています』を手に取って頂きありがとうございます！　八巻にのはです。

普段は読者さんをドン引きさせるような残念なイケメンばかり書いているのですが、今回は珍しくかっこいいイケメンを書かせて頂きました。

といっても、情けない一面もあるので完全なイケメンとはいきませんし、正直ヒロインの方がイケメンな気もしますが、今までに比べたらだいぶイケメンな……はず！

当社比的にはイケメンな……はず！

などと念じている時点で察している方もいるかもしれませんが、書いている時は本っ当にかっこよさがなくて、ここに至るまで苦労もありました（編集さん、本当にすみません……）。

それでもなんとか形になって良かったですが、今後のためにもっとかっこいいイケメン書けるように精進致します。がんばります。

また今回は、芦原モカ先生に素敵なイラストを描いて頂きました！　凛々しいヒーロー&ヒロインとっても素敵でした！　本当にありがとうございます!!

そしてこの本に携わってくださった全ての方にも感謝します！

本当にありがとうございました!!

今回の本が出ている２０２３年は、健康に生きていきたいなとしみじみ思います。

去年は一年を通して体調を崩しまくり、最終的には咳のしすぎで肋骨が折れたりしたので、平和に暮らしたい……です。

（といいつつ、そういえば今年は厄年だった！　と気づいて不安になっている今日この頃だったり）

前厄でこのレベルだと、今年どうなるんだ……。

『次回、八巻にのは満身創痍！　締め切りまであと三日、果たして原稿は書き上がるのか⁉』みたいな事にはなりたくないですね。心の底からなりたくないです。（大事な事なので二回言いました）

皆様も、お身体には気をつけてください。
そしてお互い元気で、またこうしてお会い出来ることを願っております。

八巻にのは

原稿大募集

ヴァニラ文庫では乙女のための官能ロマンス小説を募集しております。
優秀な作品は当社より文庫として刊行いたします。
また、将来性のある方には編集者が担当につき、個別に指導いたします。

◆募集作品

男女の性描写のあるオリジナルロマンス小説（二次創作は不可）。
商業未発表であれば、同人誌・Web 上で発表済みの作品でも応募可能です。

◆応募資格

年齢性別プロアマ問いません。

◆応募要項

・パソコンもしくはワープロ機器を使用した原稿に限ります。
・原稿は A4 判の用紙を横にして、縦書きで 40 字 ×34 行で 110 枚 ~130 枚。
・用紙の 1 枚目に以下の項目を記入してください。
①作品名（ふりがな）/②作家名（ふりがな）/③本名（ふりがな）/
④年齢職業 /⑤連絡先（郵便番号・住所・電話番号）/⑥メールアドレス /
⑦略歴（他紙応募歴等）/⑧サイト URL（なければ省略）
・用紙の 2 枚目に 800 字程度のあらすじを付けてください。
・プリントアウトした作品原稿には必ず通し番号を入れ、右上をクリップなどで綴じてください。

注意事項

・お送りいただいた原稿は返却いたしません。あらかじめご了承ください。
・応募方法は必ず印刷されたものをお送りください。CD-R などのデータのみの応募はお断りいたします。
・採用された方のみ担当者よりご連絡いたします。選考経過・審査結果についてのお問い合わせには応じられませんのでご了承ください。

◆応募先

〒100-0004　東京都千代田区大手町 1-5-1　大手町ファーストスクエアイーストタワー
株式会社ハーパーコリンズ・ジャパン　「ヴァニラ文庫作品募集」係

女嫌いな大公閣下は初恋の花嫁をとろとろに愛しています

Vanilla文庫

2023年1月20日　　第1刷発行　　定価はカバーに表示してあります

著　　者　八巻にのは　©NINOHA HACHIMAKI 2023
装　　画　芦原モカ
発 行 人　鈴木幸辰
発 行 所　株式会社ハーパーコリンズ・ジャパン
東京都千代田区大手町1-5-1
電話　03-6269-2883（営業）
0570-008091（読者サービス係）
印刷・製本　中央精版印刷株式会社

Printed in Japan ©K.K. HarperCollins Japan 2023 ISBN978-4-596-75976-4